「ハンバーガーを待つ3分間」の値段

〜企画を見つける着眼術〜

斎藤由多加

幻冬舎文庫

「ハンバーガーを待つ3分間」の値段

～企画を見つける着眼術～

はじめに

「『現象』の反対語を答えなさい」

（「四谷大塚進学教室」／小学生向けの問題集より）

私はゲームのプランナーです。が、他のゲーム企画者とすこし違うところがあります。「この題材をゲームにしてやろう」と思う瞬間というのがあって、しかしそれは、どちらかというとファンタジー作家のそれよりも週刊誌記者のそれに似ています。前者は感動との遭遇をきっかけにするのでしょうが、私の場合はひねくれていて、腹が立ったときとか困ったときに、すこしクレームめいた気持ちで「これをゲームにしてやろう」と発想するわけです（むろん完成させるには遠大な手間と時間を要するのですが）。

かつて製作した『タワー』というゲームではエレベーターの待ち時間をテーマにしたのですが、決意したのは大田区南六郷にある社宅の団地で、深夜、エレベーターの待受階設定に腹を立てたときでした。『シーマン』で人面魚に喋《しゃべ》らせようと思ったのは、飼い主がもの言わぬペットにプライバシーをすべて見せていることに違和感を覚えたときでした。

こういう着想をする人間ですから、デジカメをいつも持ち歩くようになり、出先で何かにつけシャッターを押してくる癖がつきました。帰宅し、撮影してきた写真をまじまじと眺めてはそこにある違和感の原因を自問自答する、それがこの本のエッセンスとなっています。

さて、冒頭の問題ですが、「現象」の反対語は「本質」だそうです。広辞苑で調べてみるとたしかにそうあります（この意外な答えは、小学生の娘から教わったのですが、そのネタ元が高橋秀樹・牧嶋博子著『中学受験で子供と遊ぼう』という本だったことも併せて付記しておきます）。

私たちが目にするものはすべて「現象」ですが、もし「本質」がその反対側にあるとすれば、それを発見するためには、すこしあまのじゃくな視点が必要なように思えます。この本は、そんな視点で綴《つづ》ったちょっと変わったエッセイ集です。読者の皆さんの気分転換のお役に立てば幸いです。

目次

chapter 2

解釈する力

chapter 3

行列の科学

chapter 4

選択の基準

chapter 5

日常生活の中のエイリアン

chapter 6 人を動かす引力

chapter 7 正論の範囲

chapter 1

名前のないもの

ある朝、自宅のマンションを出ると、季節はずれのマスクをした事件記者風の男がたくさん集結していて、物々しい雰囲気をかもし出していた。何かの事件が起きているに違いないのだが、その正体はさっぱりわからない。私たちが日常目にしている光景というのはそういうものだ。言葉にされないと何もわからない。この日ここで何が起こったのか、住民の誰もがわからぬ〝その日〟は過ぎていった。

情報は耳から入ってくる

カリフォルニアのハイウェイを走っていたら、突然対向車線に炎が上がりました。左の写真はとおりすがりにそのポイントを写したものです。

「すげぇっ」と嬉々《きき》として写真をとった私でしたが、後で冷静に考えてみたらこの事故について何もわかっていない。知人に話したいのだけれど、自分が何も知らないことに気づくわけです。

ところがこの事故、翌日の『L.A.タイムズ』のトップを飾っていました。次のページにあるのはその記事です。

このときはじめて私の中でこの事故が「事件」になりました。

危険な事故であり、高速のラッシュアワーに深刻な影響

LOS ANGELES EDITION

B CALIFOR

Bill Seeks to Legalize Immigrant Students

Fiery Freeway Tie-Up

を与えた、といったことも新聞をよんでわかりました。

現場に居合わせた部外者にとって、目の前に広がっている現象というのはまるでボーッとした「もや」のようなものでしかない。

ところが、ひとたび言葉になった途端、伝達可能なニュースとなります。情報は目からではなく耳から（つまり、言葉で）入ってくるのです。ものごとというのは、誰かに記述されないと、見ただけでは何もわからないと改めて認識した次第です。

言葉になると必ずすこしばかり嘘が入るものです。嘘というのが大げさであれば、誰かの主観が混ざってしまうものです。

記事の中でこの事故は「たいへん危険な」とか「深刻な影響」などと表現されていますが、それは記者か誰かの印象でしかありません。巷《ちまた》ではこういう表現が「誇大表現だ」「いや事実だ」「名誉毀損《きそん》だ」などといった争いのもとになっているわけですが、「記述される」のと「主観が入る」というのは同義なのかもしれません。誰かの視点で形容されることによって、はじめて人に伝えられるものなのですから。

歴史観や教科書問題に限らず、私たちは、誰か最初にそれを記述した人の遺伝子を継承してしまっています。主観的であることと正確であることは、一見、相反するようですが、メディアを通じて私たちが知り得たことというのはすべて、誰かの主観を通しているものなのですから。

言われてはじめてわかること

言われてはじめてわかること、という表現があります。

しっかりと見ていたつもりなのに、自分は何も見えていなかった……そんなときにつかわれます。

「本当のアメリカを見たい」、そう意気込んで単身ニューヨークにのりこんだ若かりし頃、でもあの頃は何も見えていなかったなぁ……、なんて話がそれにあたるのかもしれません。

ここで言う「見る」というのは、実は視力ではなく、知識や経験によって決まるということだったりします。

私の仕事はソフトウェア開発ですが、その重要な仕事のひとつに「マニュアル作成」があります。マニュアルというのはいわば「はじめての人への説明」で、関係者でないと書けないもののひとつです。

時期的に一番多忙な完成直前時などにこの仕事をすることになりますから、たいていは若いメンバーにたたき台を作らせて、先輩スタッフたちがそれをチェックし、赤入れ修正を繰り返すことになります。

出来上がったマニュアル原稿をそういった目でまじまじと眺めるわけですが、出来がどうも良くない。

必要な技術情報はすべて正しく書かれており、誤字や脱字も何度も修正されているのですが、それでもしっくりこない。「何か」が足りないのです。

開発現場にいるスタッフは、全員が内容に詳しい者ばかりです。一般のユーザーからすれば一番知りたい大前提のことが、関係者にはあたりまえすぎて見えなくなってしまっている、という環境がここには出来上がっているのです。

そんなチームが書いたマニュアルには、実はとても大切なことが欠落していたりします。それは「ごくあたりまえのこと」、です。たとえば「このゲームは何をするためのソフトか」などの冒頭説明だったりします。水や空気のようにあたりまえすぎて欠落に気がつかないわけです。その欠落を発見することは、自分の盲点を探すことに似て、容易ではありません。

これはひとつの例ですが、私たちの仕事は、いや、おそらく品質に関与する仕事はすべて、「見えているものに影響されず、見えていない重要なものをいかに発見するか」が大きなカギのように思います。

「言葉」を手に入れた私たち人間は、形や重さのないものを扱うことができるようになりました。ところが、そのせいでいつしか私たちの思考は、既に名前のついているもの、形あるものに引っ張られすぎて、まだ名前のついていない大切なことに盲目になってしまいがちです。

見えないものには名前をつける

名前をつけるということはとてもあつかましい行為です。

つけた名前を人々に広めて、それをつかってもらうには膨大なエネルギーを必要とします。ですが、そうすることで、それまで意識されることのなかった概念は独自の質量を持ち始めます。

かつて私が開発した『シーマン』という育成シミュレーションゲームの例を挙げます。

これは、ユーザーの声を認識して、それに対応する言葉を返すゲームですが、ユーザーは同じ言葉を何度も言うこともあります。それに一対一対応でシーマンのセリフを割り当てると、

「元気？」

「俺は元気だよ」
「元気？」
「俺は元気だよ」
「シーマン、元気？」
「俺は元気だよ」

と壊れたロボットのようにずっとおなじセリフを返すことになってしまうわけです。構造上あたりまえのことですが、ユーザーからしてみれば「シーマンは生きている」という実感など湧《わ》くはずがない。

この現象がユーザーにとって不愉快だと感じたのはプロトタイプが出来始めた頃でした。

プロデューサーとしては、

「同じフレーズを何回も連発してしまうような会話を作らないように気をつけよう」

と徹底するのですが、それでは何も改善しません。他に数多くあるレベルの低い課題とまざってしまうからです。

そこで私たちはこの状況に名前をつけることにしました。そうすると、いつの間にか、形のないものがメンバーの意識の中に忽然《こつぜん》と出現し始めるのです。つまり、特定の現象に対して気づくようになる。

この現象には「バンテリン現象」と名づけ、「あ、これバンテリンだ」と誰もが言葉で指摘できるようにしました。バンテリンというのは某医薬品メーカーの商品名ですが、そこに深い意味がある訳ではありません。ワールドカップで盛り上がっていたころに、サッカー選手を起用したこの商品のCMが大量投下されていましたが、アクセントのおかしいカタコトの日本語がかなりしつこく耳について覚えていたので、たまたまこういう命名となっただけのことです。

そう命名したことで、該当する会話が浮き上がって見えてくるのです。その結果、改善の対象となり、やがて会話は次のようになります。

「元気?」
「俺は元気だよ」
「元気?」

「だから元気だって言ってるじゃん」

「シーマン、元気？」

「おまえ、しつこいな……」

「ロンドンは霧の街」というフレーズがあります。実は、はじめてそう記述されるまで人々の意識の中ではロンドンと霧は関連づけられていなかったそうです。つまりロンドンは霧の街ではなかった。概念というものは、命名されることではじめてそこに出現し始めるようです。

一〇年ほど前にこんな記事を読んだことがあります。

「アメリカの田舎町で新種のウイルスが見つかった。

この感染の特徴は、頬《ほお》が赤くなり微熱がでるだけ、というものだったため、それまでは感染症ではなくキスを経験する世代の若者に見られる思春期特有の兆候と思われていた。それがキスによる感染症であると偶然の調査で判明し、キス病と名づけられた」

キス病そのものはずっと以前から存在したのでしょうが、その存在に誰も気づかないまま見過ごされてきたわけです。名前がつけられることで感染の予防策が組まれ、撲滅への道を歩み始めるわけです。

朱印の威力

伝票などに絶対無比の力を与える「ハンコ」。そもそも「ハンコ」というのは、印影が複製困難であるという物質的な特性を利用し、〝これはオリジナルですよ〟という権威づけをする効果を持っています。

飲食店のレジで、

「領収書の日付は○月○日でお願いします」

「宛名は○×社としてください」

「内訳は飲食代で」

サラリーマンだろうと思われる人が、難しい表情でこと細かに指定をしている風景をよく見かけます。

「未精算の領収書というのはサラリーマンにとっては現金と同じ」と言われていますが、精算できないとなったら一大事、おのずと領収書の形式にこだわるのでしょう。
最近、上の写真のような掲示を見かけることが多くなりました。

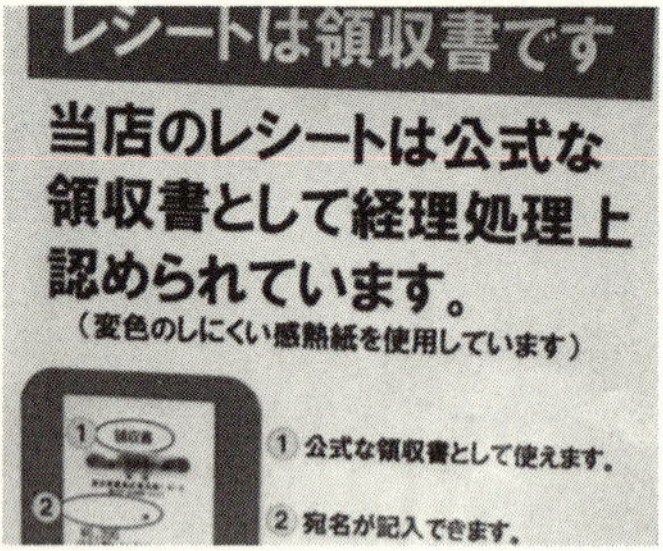

大手の量販店は、「プリントしたものでもきちんとした領収書ですよ」という掲示を出して合理化を促進しようとしているようですが、依然として領収書は手書きでかつ朱色の印鑑が押されていないと安心できない、という人が多いのか、店員さんが手書き領収書を発行している姿はなくなりません。

ところで、レシートと領収書の違いとは何でしょうか？　近所のスーパーに、レシートの見方が掲示してありましたが（次ページの写真）、見ると領収書より詳細に情報が記載されている。なのにその名称は領収書とせずに依然としてレシートとある。

辞書で調べると、領収書とレシートは同義語です。しかし、「領収書」は手書きにこだわる人が多い。

調べてみると、レシートに詳細な情報が記されるようになったのは高度コンピュー

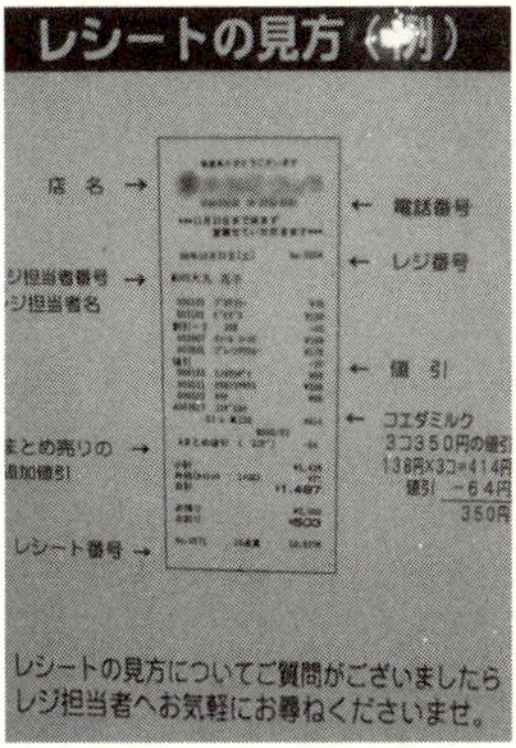

ター化が進んだごく最近のことだそうです。かつて日本でレシートと呼んでいたものは、単なるレジの計算表のプリントだったといいます。

この二者の違いは、何でしょう？

それは、背景にあるデータベースの有無、だそうです。後日参照することができるしっかりとしたデータベースがある場合は、たとえ捺印などが省略されていたとしても領収書とみなす、という傾向があるそうです。

ＩＴ化が進む以前は、紙の台帳でそれをやっていたわけですから、後日参照することは困難でした。なので、〝オリジナル〟という証明が必要だったわけでしょう。

調べてみると、税務署は、領収書のフォーマットを明確に定義していません。卒業証書のように立派な紙である必要もないし、朱印もいらない。極端な話、領収書のないものでも、きちんと支払い事実が確認できるものはＯＫだったりします（サラリーマンの給与がそれに当たります）。

正式な領収書の様式、なんてものは法律で定められているわけではなかったのです。

履歴書に押印する理由

就職や転職の際に提出する一般的な履歴書。氏名の横に捺印の欄があります。多くの記入者は、理由を深く考えることなくここに捺印をします。

皆さんは履歴書になぜ捺印欄があるかご存じですか？

その答えは後述するとして、ここでひとつ明らかなこと、それは私たちの行動はたかが紙切れの形式にすごく引っ張られているということです。その背後にある本当の理由を越え、紙切れそのものが威力を発揮しているというわけです。私たちの社会慣習が、これまで形や重さのあるものを中心に作られてきたことの象徴と言えるかもしれません。

さて、履歴書の捺印の意味ですが、そこにあまり意味はありません。慣例的に「ここに書かれていることはすべて真実ですよ」という念押しの意味合いがあるらしいですが、あくまで雇用する側の心証の違いであって何か法的な意味があるものではない。法律は実印以外の捺印に特別な意味を持たせてはいないのですから。

コンピューター化が進んだ今では、手書きと朱印の領収書においても特別な意味は消え失せてしまいました。消え失せていないのは、いまだに「紙切れ」という物質の引力から逃れられていない私たちの過去なのかもしれません。

反対側の風景

「斎藤さんはうちの社長といつもご一緒のようですね」

冷たい笑顔で仕事先の事務スタッフから言われたことがあります。話をよく聞くと「弊社はあなたとの会合で交際費をずいぶんと負担してますよ」――ひらたく言えば、そういう意味の話です。

すこしカチンときて、「御社との交際費はうちの会社の方がよっぽど多く負担していますよ」――イヤミたっぷりにそう言い返したかった、言えませんでしたが……。

経理マンは、伝票を通して社員の行動をすべて知っている、と言います。かつて私は大企業に勤務していた経験がありますが、そこの営業マネージャーは、交通費精算伝票こそが営業マンの行動を把握する業務日誌である、と言ってました。

しかし、それはあくまで社内に回された伝票に限った話であって、その社員が〝よそでどれだけ御馳走になっているか〟とか〝どれだけ接待攻勢にあっているか〟なんてことは伝票には表れないものです。つまり、出金を伴わない行動はわからないままなのです。

人間というのは目に見えるものに引っ張られるせいで、目の前に広がる風景がすべて、と思ってしまいがちです。

さて、先の話に戻りますが、うちの会社の経理担当者にしてみれば、うちの交際費枠をつかっている張本人はむしろむこうの会社の社長、と見えているにちがいありません。

互いに事実を見すえているつもりでも、見えているものが違うから二者の言い分は完全に決裂します。自分の目に見えるもの、形のあるものだけを事実としてしまう習性は、人間世界の争いごとの原因となってきました。

目の前にある領収書の束を見て、「きっと先方の会社にもたくさん伝票がまわっているんだろうなぁ」と推測できる人というのはかなり想像力が発達した人と言えます。日々仕事をしていると、社内スタッフから手柄話や仕事先への批判などは多々入ってくるものです。このイマジネーションは、はっきりとした〝能力〟として認識されているものではありませんが、管理していく上でとても大切なものです。

憤慨《ふんがい》した取引先の社長から大クレームをつけられる、なんてことが、過去に幾度かありました。こちら側で聞いているのとはまったく異なる事情が向こう側には広がっていたのです。後になって冷静に考えてみれば、どちらの言い分も偏っていることがわかるわけですが、そうやってトラブルになって顕在化するのは、氷山のほんの一角であって、たいがいの事は誤解されたまま過ぎ去っていると思われます。

「真実はひとつであっても事実はひとつでない」と言いますが、どうしても身近にいる者の言い分に引っ張られてしまう自分の習性にうんざりすることがあります……。

事実と真実

「高架下の高さが足りない」という理由でタクシーが通り抜けできない箇所が都内には四カ所あるそうです。

該当する場所は左の写真のような、タクシー内の貼り紙にある通り。

この情報のおかげで、経験の浅いドライバーでもトラブルを未然に回避できる。情報というのはありがたいものです。

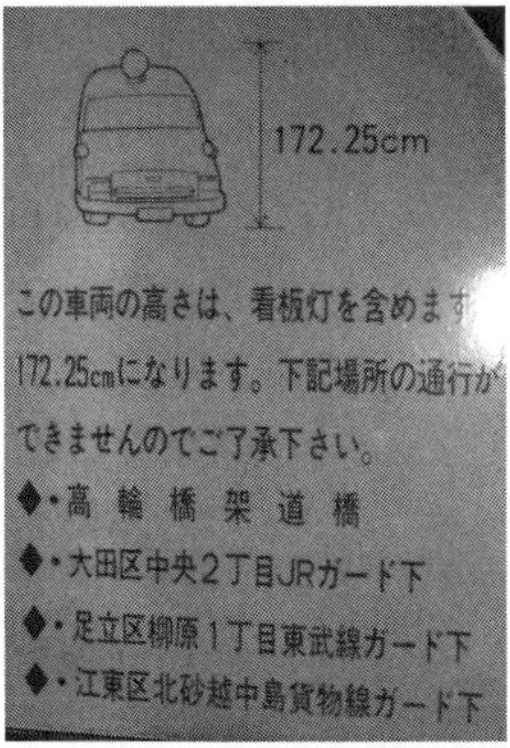

ベテラン風な運転手さんに、

「本当に四カ所だけなんですか？」

などといじわるな質問をしてみたのですが、

「うーん、たぶんそうだと思いますね。確証はありませんけどね」

という答えが返ってきました。たしかにどんなベテラン運転手であっても、証明することは不可能でしょう。何せ、もし五カ所目が見つかったら、この情報は一瞬にして「大嘘」となってしまう。同時にこの貼り紙はゴミ箱行きとなる。

惑星の運行から遺伝子の仕組みまで、私たちが事実と信じていることというのはみなそういうものではないでしょうか。

つまり事実というのは、

◎合意のもとで成り立っている

そして、

◎いつか変わってしまうかもしれない

という宿命を背負っているわけです。

合意した人数と経過時間が多ければ信憑《しんぴょう》性は高まりますが、それが普遍的な真実かどうかはわからないのです。

つまり、「事実」というのは、不安定な砂の上に築かれた城のようなもの、ということになります。

タクシーに掲示された一枚の貼り紙。

ここにある数行の情報を導き出すのに、はたして何人のドライバーとどれだけの時間が費やされたのかわかりません。真実は神のみぞ知るものであって、人間たちが触れることは絶対にできない……。

そう気づいた私たち人類は、手に入れることができない「真実」の代用品として、まさに叡知《えいち》を結集し、「事実」という言葉を作ったのかもしれません。そして人類は取り急ぎこの「事実」というラベルを貼ることで今を凌《しの》いでいるのではないでしょうか。

私たちの生活の中に転がっているたくさんの「事実」。それは決して絶対的なものではなく、多くの人間たちの努力によって守られているものなのです。そう考えると、「事実」と「真実」は、源頼朝・義経兄弟のように、相容れない運命を背負った存在なのかもしれません。

水や空気の値段

タダとされてきた「水」が、今では商品として売られています。値段がつくことで、いつしか水も「品質」という視点で見られるようになりました。いつの頃からか、水道水をそのまま飲むという習慣がなくなり、ウイスキーの水割りを水道水で作ることがとても非文化的なことに思えてきました。ひとたび値段がつくと、たちまち「ランク」と「ブランド」というものが登場してくるのですから不思議なものですね。

上の写真は、有名ブランドのミネラルウォーターです。今となっては、水がこうして販売されていることに違和感はありませんが、値段をよく見ると実はハイオクガソリン並みに高い。

一リットルの水をヨーロッパから運ぶのにどれほどの費用がかかるのかはわかりませんが、私たちはいまやガソリン並みに高い水を海外から取り寄せては、路上でがぶがぶと飲むようになったわけです。ひと昔前であれば、考えられないことでした。

日本語には「水や空気のようなもの」という表現があります。「あたりまえすぎて目に見えない、でも大切なもの」という意味です。愛妻を表現するのにこの表現を用いる男性も多々いますが、これはつまり価値を計る手だてを持っていない状態とも言えるのです。

しかし昨今、そんな日本にも「目に見えないもの」に値段をつけてしまう文化が欧米からどんどんと入り始めています。

値段というものはつけたもの勝ちです。より高値をつけてくれる場所によい素材が集まり始めるのです。

安心しきって無防備でいる私たち日本人が、「水や空気」や「安全」や「環境」や「人」、そして「それ以外の大切なもの」までをも高いお金で調達しなければならなくなる日は、そう遠くないかもしれません。

値段のつけ方

実は、海外旅行をするたびに思う事があります。飛行機の国際線の搭乗料金が体重によって変わればいいのに、と。

「この本の著者はそんなに小柄なのか？」

いえいえ、そうではありません。

僕は体が大きいので普通のエコノミー席だとすごくつらいのです。でもビジネスとかファーストは高額なので別の意味でつらい。こういうときに、多少高くても大きなエコノミー席があればいいのにと思うのです。

体の大きさによって値段が変わるということは、体の大きさにあった空間とサービスが提供されるという意味です。値段は高いぶんやや広くて機内食の量も多い、とか……。

出張の食費手当や独身寮の家賃の料金など、体の大きさによって条件が変わると都合がいいと思うことが多々あります。体の小さい人は小さい人なりに、大きい人は大きい人なりに、サイズ別になると快適なことが多いと思うのです。

前ページの写真のような、「服を重さで計り売りする」という方法は古着の世界では比較的ポピュラーですが、新品の服では見かけません。

「新品の洋服はつかっている布地の量が違っても、なぜ値段は一緒なの？」

そう聞かれても、その答えを私は持っていません。「そりゃ、そういう慣習だから……」と答えるしかない。洋服にはSサイズもあるし、Lサイズもあります。あるいは色違いもあります。それなのに値段は同じ、という常識に取り憑《つ》かれ過ぎて、そうなっている根拠すら知らない自分がいます。

品質も値札のつけ方でより明確になったりします。一グラム三円のスーツと一グラム一〇円のスーツがあったら、誰しもが後者をより高級品とみるでしょう。

私たちがあたりまえと思っている値付けの方法。でもそれが本当にふさわしいものかどうか、それはとてもいい加減なものだったりすると、この古着の値付けは教えてくれました。

おいしくする方法

最近、コカ・コーラの五〇〇ml缶が三五〇ml缶と仲良く同じ値段で売っている自動販売機をよく見かけます。

この手の自動販売機と向かい合うたびに、まるで性格診断のテストを受けさせられているかのような錯覚を覚えてしまいます。

上の写真の左のコカ・コーラは、一mlあたり〇・二四円。右のコカ・コーラは一mlあたり約〇・三四円という計算になりますが、細かい話はともかくとして興味が尽きないのは、メーカーはどういう意図でこの二種類の商品を並べて置いたのか？　ということです。

この不思議な疑問を解く上で、路上で起きている二つの事象を推測することができます。

ひとつは、

◎同じ値段でも小さい缶を買っていく人が存在する

ということ、そして、

◎五〇〇mlを三五〇mlと同じ値段で売っても利益に影響はない

ということ……。

先日、勝新太郎の古い映画を観ていたら次のようなセリフがありました。

「おい、酒もって来たぞ」

「どうせ焼酎だろ」

「ばか言え、日本酒だ」

この映画がつくられた昭和三〇年代の常識では、焼酎が日本酒よりもはるかに格付けの低い存在であることがこのセリフからうかがえます。しかし、いつしか焼酎の値段は日本酒と並ぶようになりました。するとその格付けも変化しました。

値札はものの価値まで変えてしまうようです。

私たちは知らず知らずのうちに値段でものの格付けをしてしまう習性があります。

このコカ・コーラの写真を見て三五〇ml缶の方がおいしいのではないか、という錯覚をしたのは私だけではないと思います。

もし読者の中に、日本マクドナルドの社員の方がいたら、是非試していただきたい実験があります。

かつてマクドナルドでは、ハンバーガーを平日半額で売っていましたが、ビッグマックとハンバーガーを同じ値段にしたらどうなるのだろう、という実験です。値段を一緒にしたら、それでもみなビッグマックを食べるのか？　という疑問への答えはすごく興味深い。

先の販売機の理論でいえば、当初は多くの人が、割安感のあるビッグマックに流れるでしょう。しかしそのうち、

「ハンバーガーの方が実は美味なのではないか？」

という話が出始めるようになり、やがて、胃袋のサイズに合わせて、「ハンバーガーのほうが食べやすい」に戻ってくる人が結構いるような気がしてならない。「普通のハンバーガーって、結構おいしいじゃん！」などと言いながら……。

"たたき台"の底力

大手のゲーム会社と新作の契約を交わすときなどは、手始めにどちらか一社がまず草案を作ります。私の会社のような零細企業などの場合、法務担当者なんていませんから、たいてい大手企業側の法務部がサンプルを作り、それをもとにどこを直せ、いや譲れない、と押し問答の交渉が始まります。

両者とも零細企業の場合は、どちらにも担当者がいないものだから、面倒さにまかせてついつい契約書は後回し、となってしまいがちです。それくらい面倒な仕事です。

なのになぜか、大企業はこのたたき台づくりという面倒な仕事を進んでやってくれるのでありがたい、と思っていたのですが、その理由が最近になってやっとわかりました。彼らは、交渉の焦点がこの草案の修正にあることを知っているからです。

受け取った側の私たちが「ここを直してください」「ここはちょっと合意できない」などと、徹底的に修正を入れたところで、ベースとなっているのは所詮《しょせん》相手の作った条項です。基本となる骨子《こつし》はもう出来上がってしまっている。

「○×社の契約書には徹底的に赤字を入れてやったのさ」と得意気に話している私は、まるで仏様の手の上であがいている孫悟空のようなものです。

人間というのは言葉や名前の引力の影響を受けてしまうものなのです。後になって「しまった」と思うたびにたたき台の底力に気づかされるのです。たたき台の影響をいっさい受けず、本来そこに盛り込まれるべき項目を探すプロの法務マンの眼には、私たちとはまったく違ったものが見えているのかもしれません。

chapter 2

解釈する力

米国アトランタ市内の電柱に貼られたこのチラシ。省略されていることまではわかるけど、まるで暗号のようでいったい何を意味しているのかわからなかった。私たちが普段、便宜的に省略して使っている日常用語も他人の目にはまるで暗号のように映っているのだろうか？

（答えは48ページ）

″１ｂｉｔ″が持つ情報量

「よくもこれだけの車が走っていて、無事でいられるな」、と高速道路を運転しているときに思います。

スチール製のこの無表情な物体の唯一の表情といえば、ウィンカーくらいですが、そこで発することができるのはわずか１ｂｉｔの情報量でしかありません。たったこれだけの情報が、高速道路の秩序を保っていると考えるととても不思議です。

ゲームのサイン

ここのところ、松井やイチローのおかげで、野球に興味を持つ人は一時期よりはふたたび増えたようです。

大雑把に言うと、野球選手がやっていることといえば、「投げる」「打つ」「走る」「捕る」のどれかです。どれをとってもひとつひとつは単純なアクションで、ほとんど意味を持たない。

注意深く周囲を見回してみると、実はこれは野球に限ったことではないことに気づきます。サッカー、ラグビー、将棋、マージャン、トランプ……すべてのかけひき(ゲーム)に共通しているのは、「ひとつひとつの手札《てふだ》はほんのわずかな情報量しか持っていない」ということです。

しかしこれらが「特定のルール」に則《のっと》って行われるとき、それらは別の大きな意味を持ってきます。

昨年、ドイツでサッカーのワールドカップが開催されましたが、日本代表の「シュート」という1bitの情報が、日本人の意識の中では数百メガバイトの意味となって駆け巡りました。この、ごくわずかな情報を大きな価値に増幅してしまう力こそ、もしかしたら〝解釈する力《インテリジェンス》〟と言われるものではないでしょうか？

ゲームの資産価値

「選手が蹴《け》ったボール」＝「わずか1bitほどの情報」がどれだけ観衆を熱くするか、世界の熱狂ぶりからわかるのは、デジタル的な情報量とは無関係に、私たちの意識の中で情報は変質するということです。

興味のない人たちにとっては無意味なことかもしれませんが、特定の人にとっては、巨大な意味を持つ、それがスポーツの特徴です。

サッカー日本代表の監督だったジーコの手腕は、様々なメディアで取り上げられました。ただボールを蹴ってゴールにいれるだけ、というきわめて単純なスポーツではありますが、観衆はその中にジーコ監督の人格や采配などを見出すわけです。

わずかな情報を大きな価値に変換するインテリジェンスを持った人々……、彼らは、一般的には「ファン」と呼ばれます。野球やサッカーのように全国的にファン数の多いスポーツは、たくさんの人がそのインテリジェンスを備えていることを意味します。

彼らはゲームでの監督の采配に一喜一憂し、選手の一挙手一投足に沸き立ち、単純な文法の中に、大河小説のような次元の高いドラマが織り成されるさまを読み取ることができます。実は、これはすごいことです。

ブランド評価式に基づくならば、ルールを知っているファンが多ければ多いほどそのゲームの価値は高い、ということになります。ソフトウェア企業の資産価値は、実はここにあると思います。つまり、付加価値というのはすべて、モノではなく人間の側にその受け皿があるかないか、で決まるものではないかと思うのです。

人間の補完能力

四三ページの写真、実は「ダイエット教室の広告」なのです。

「三〇日で三〇ドル、三〇パウンド減量しませんか？」というコピーです。

言われてみれば、「なんだぁ」となりますが、わからない者にはさっぱりわからない。

私たちのコミュニケーションは、すべて「省略」の上に成立しています。この「省略」のおかげで会話はスムーズに流れ、ジョークの質は上がり、それと比例して部外者には疎外感を与えます。

店員「いらっしゃいませ。ご注文は？」
客　「並と玉《ぎょく》」
店員「はい、わかりました」

これは、牛丼屋での店員と客とのやり取りです。この一言でオーダーは通じます。表現が短ければ短いほど「通」ということになる。

人間の大きな能力のひとつに、「ものごとを補完して理解する能力」というものがあります。「並と玉」という三文字の意味を「牛丼の並をひとつと生卵をひとつ」という料理にして出す。ここに「通じた！」という気持ちよさがあります。とても人間的なコミュニケーションです。

デジタルの世界では、２００バイトの詩と2メガバイトの書籍では、圧倒的に後者のほうが情報量が多い、という暗黙の了解がありますが、ひとたび人間を経由すると、数行の詩が、一冊の百科事典に勝る影響力にまで増幅されます。ビートルズのたった数行の歌詞が人生を変えた、という話はあちこちに存在していますが、それを可能にしているのはメディアや技術の力ではなく、人間の力です。

この解釈する力を一般的に「感受性」と呼び、そしてこれを利用し、より少ない情報量でメッセージを伝える作品の力を「芸術性」と呼ぶのではないか、と私は思っていますが、この両者がかみあったときはじめてコミュニケーションという目的が達成されるようです。

私がゲームを製作していて常日頃思うのは、64bitのグラフィックエンジンとフル3Dモーションをつかったゲームが、果たして二色刷りのトランプやマージャン牌《パイ》がもたらす興奮に勝てているのだろうか、という疑問です。むしろ、説明過多になればなるほど受け手の入り込む余地を狭めてしまうような気がしてならない。

情報の価値は受け手のIQに比例する

日進月歩のスピードで動画や音声が高品質になるブロードバンドの時代、ゲーム業界に身を置く人はみな「何百Mbpsまでいけば、顔を突き合わせた現実の人間のやり取りに到達するのか」なんてことを考えてしまいます。生の対面というのは果たして何Mbpsの情報量で結ばれているのだろうか、と。交わされる文字量だけで考えれば、せいぜい200B/Secくらいでしょうか？

その答えはわからない。「わからなくてもしょうがない」ではなく「わからないのが正しい」という意味です。「生演奏はCDの何倍音がいいの？」という質問に似ています。無限の情報源から何を受け取るかはおのずと受け手のＩＱに比例します。

さらに、この補完能力の度合いには著しく個人差が働きます。解釈する能力が高い人材がそろっていればいるほど効率のいいチームとなり得るわけです。

この能力を発揮できる人が集まった組織体は「息の合ったチーム」、となるわけです。ですが、一方で解釈をゆだねるというプロセスは「誤解」を生むリスクも跳ね上がる危険性を秘めていますから、同時に勘違いの危険性も高くなる。たとえば、ソフトウェア開発のように重さや形のないものを対象としている組織では、この誤解や勘違いがときとして命取りになったりします。

人間同士がより効率的にコミュニケーションする――スポーツや企業がそうであるように――競争の鍵はどの業界でもそこに移行しつつあるようです。ラグビーチームからマイクロソフトのようなグローバル企業にいたるまで、あらゆる覇者《はしゃ》に共通するのは、この「解釈癖」を味方につけた組織であるということです。徹底したマニュアルによって世界共通の味を作ったマクドナルドのように、ゲーム開発の仕事ももっとうまく進める方法はないものか、と考えてしまう今日この頃です。

正確とリアル

次ページの写真は、小学館の周辺地域の航空写真（上）と同じ部分の略図（下）です。航空写真は小学館周辺のすべてを克明に写し出していますが、略図は、というと、そこから不要な部分を抜き去り、現実とはかなり異なる地図となっています。

航空写真のデータ量は、おそらく略図の一〇〇倍くらいの大きさがあるでしょう。

さて、地下鉄の神保町駅から降りて小学館に行くにあたって、あなたは、どちらの地図が有効だと思いますか？

私は略図の方を選ぶと思います。

徒歩で小学館に来社する人にとっては、明らかに略図のほうがわかりやすく、かつ「正確」なのです。航空写真のほうが情報量では勝るのに、なぜ略図のほうが「正確」なのか？

言うまでもなく、それは目的に即していない不純物が排除されているからです。

小学館周辺の航空写真
（写真／小学館）

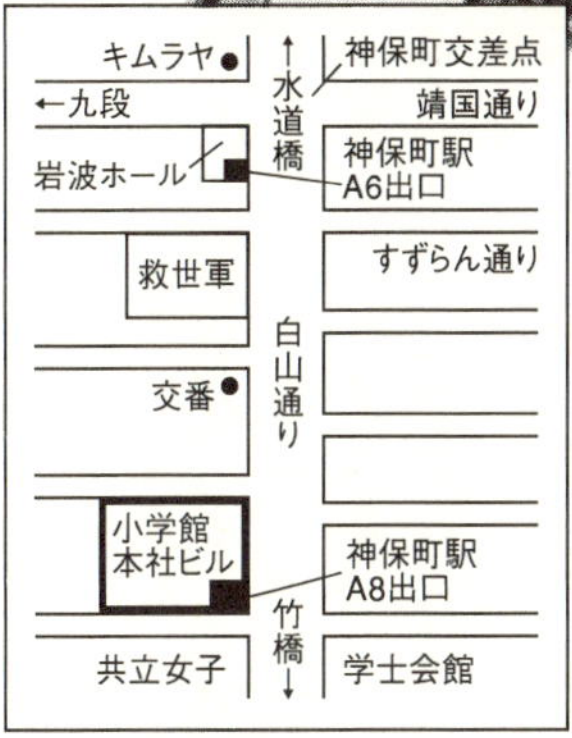

略図

『タワー』というゲーム

かつて私が製作した『タワー』は、きわめてリアルで緻密な高層ビルのシミュレーションゲームとして評価を得ました。

ですが、実のところこのゲームには、「空調」も「給排水」も「構造計算」も入っていません。複雑な高層ビルを「人の移動」という軸で切り取り、あとの要素はいっさい割愛されています。

ちょうど先述の「略図」と同じです。ばっさりと不要な要素を削《そ》ぎ落とし、ひとつの軸でビルを再構成した結果、因果関係が明確になり、ユーザーにとって正確でないぶん、リアルになった。

人間がひとつの目的を持ったとき、かならずしも「情報量が多いこと」がリアルとはならないようです。

実はこれ、ゲームの重要な考え方です。

どんなにすばらしいCGをつくったところで、プレイヤーの思考の中で化学変化を

起こせないものは、不要なノイズにすぎないのがゲームです。

エクセルでつくった残高計算表に、アニメーションや3Dグラフィックはありませんが、中小企業の社長を卒倒させるパワーを持っています。

どんなに大容量の処理ができるようになったとしても人間の思考に入り込んで、補完され、そして増幅されないかぎり、大した影響力を持ちません。画面の上に投影されただけでは「情報」はあまり価値を持たない、ということです。

ＩＴ業界がこれまで単位としてきた「メガバイト」「ギガバイト」といった単位は、あくまで技術的な処理量で、人間への影響力とは無関係と言えます。

低燃費化する社会

チームメンバーの個性を引き出すことと、解釈や誤解の余地を与えないで仕事をさせることは相反することなのか？　それとも両立可能なことなのか？　私は、いつもこの疑問への答えを出せないまま仕事をしています。組織論の専門家たちは多くの事例をもとに議論を重ねていると聞きます。

情報化社会のビジネス戦士にとって、「情報量」は勝利へのキーと言われてきました。今では、企業による情報インフラ拡充への投資は相当な額に上っています。

しかし、「メガバイト」「ギガバイト」といった単位にばかり翻弄《ほんろう》されている私たちは、情報を昇華させることを忘れているような気がしてならないのです。情報のジャンクフード化とでも言いましょうか、あるいは消化不良とでも言いましょうか、私たちのコミュニケーションが高カロリーの情報ばかりを摂取しているさまは、まるで燃費の悪いエンジンを見ているようです。

渋滞した高速道路で、私の車の前に割り込もうと一台の車が出した１ｂｉｔの情報。そこに感じたドライバーのあつかましい性格は、あるいは私の拡大解釈がなせる、単なる誤解だったのでしょうか……。

chapter 3

行列の科学

「並ぶ」というのは人間の特徴的な行動だ。私は今までの人生で、どれくらいの時間を行列の中で費やしてきたのだろう？　もしその時間をもっと有効に使えたならば、すこしは有意義な人生になっていたに違いない、と思うことはないものねだりなのか？（ホノルル空港で撮影）

渋滞

左の写真は早朝の高速道路某所です。いわゆる事故渋滞、というやつです。ちょっとした接触事故であっても、現場検証が行われ、その間道路はせき止められます。その結果がこの写真の左車線です。

右車線の道路がこの時間帯本来の道路状態です。ここに写っている後続車は予想外の数時間をこの渋滞の中で過ごすことになったわけです。

時間というのはとても重要な資源です。しかし、その価値を計る指標がない。事故の当事者は車の損害が保険できっちりと補塡《ほてん》されるでしょうが、巻き添えをくった第三者の時間は、いっさい賠償されることはありません。いや、賠償するすべがない。何せ時間というのは水や空気のようなものですから。

おそらく、「巻き添えをくった多くの第三者」が払わされた代償は膨大です。失われたビジネスチャンス（あるいはトイレにいけない地獄の苦痛）の総計は、現場検証されている車の損害額をはるかに上回るような気がしてならない。物質社会というのは、形あるものの価値の算出式は用意しています。しかし形や重さのないものに対してはあまりに無関心です。

空港というインフラ

グアム政府観光局による「グアムは東京から三時間半、飛行機がお好きという方はハワイへどうぞ」という名コピーに乗せられてグアムに家族と行ったことがあります。この名ＣＭはリバイバルしたので、ご存じの人もいるでしょう。グアム空港にはほんとうに成田から三時間半ほどで到着したので、私は家族ともども感心した次第です。ハワイへ行くには七時間ほどかかりますが、飛行機に乗っている三時間半の差は大きい。

ところが、です。この小さな空港で、私たち家族は散々な目にあったのです。どういうことかというと、成田から三時間半で到着したグアムの入国審査で二時間も並ばされることになったのです。

理由は、入国のゲートがろくすっぽ整備できていないまま観光客がどっと殺到してしまったためです（最近はゲート数が整備されたと聞きますが、その後二度と行っていません）。子供は泣き始めるわ、トイレは満室だわ、で状況は徐々に惨憺《さんたん》たるものへと移行していったのです（蛇足ですが、この行列の中で、私は「待たせない空港を作るゲーム」を製作しようと決めました）。

こちらは、〝世界の大都市〞ロスアンジェルスの空港で撮った写真。毎日が行列である。

一方、次ページの写真は香港空港（当時）の入国審査ゲートです。さすが歴史の長い世界のリゾートの風格というべきか、スイスイとゲートを通過することができました。

この二つの空港には決定的な違いがあったのです。それは一体何だったのでしょうか？

香港空港では、入国審査と出国審査のゲートがリバーシブルになっていたのです。ピークに合わせて入と出の数が変化するのです。最近では日本の鉄道会社の改札にもこの考えは導入されつつありますが、すでにカリフォルニアでは道路のセンターラインそのものが時間帯に合わせて移動するようになっています。

空港の入国審査ゲート、高速道路の車線数、ラッシュ時の改札、あるいは都市部の携帯電話のアクセスポイント、これらはインフラと呼ばれるものです。こういった大きなインフラほど競争がなく、お役所的な価値観で作られている。つまり利用者の待ち時間のような「目に見えない苦痛」への配慮がしっかりと施されていない。民間のサービスとのサービスレベルの違いが出やすいのです。

入国審査と出国審査がリバーシブルになっているブース。返還前の香港空港（1996年当時）。

前世紀の物質至上主義の時代には、ヒト、モノ、カネ、という言葉が流行《はや》っていました。社会通念上の代表的な資源の意味です。

この三大資源を基として、法律も社会常識も、あるいは社会のインフラも、価値の算出式や賠償のルールがきっちりと作られてきました。しかし私たちがいま一番求めているのは、もはやその先のものへの配慮です。そういったサービス度のレシピは世界の市場を席捲《せっけん》している外資のサービスの中にちりばめられていることに気づくのです。

もうひとつのコスト

左の写真の女性は空港近くのレンタカーショップの返却係。無線端末を肩から腰に下げ、空港で返却された車のメーター類をチェックして、問題なければ、わずか一〜二分で返却終了。

空港にレンタカーを返しにくる客のほとんどは急いでいるわけです。私もそうでした。幸いにも彼女は肩から腰にぶら下げた端末と無線機でチェックを完了し、あっという間に返却証をプリントアウトしてくれたのです。

車が「必需品」であるアメリカでは、「嗜好品」である日本とくらべてインフラが整っています。ガソリン代もパーキング代も高速代も安い。レンタカーの値段も同様です。空港の激しいレンタカー競争に勝つためには、サービスレベルをここまで高めていかないといけないわけです。

競争の激しいところでは、単に価格だけではなく、もうひとつの「目に見えない値段」に対しても工夫が凝らされています。空港のレンタカー返却場所でスタンバイしていて、無線でコンピューターと交信する写真の女性は、即座に返却の手続きを完了してくれます。腰に下げたプリンターから出力しているのは、その返却証です。

値札に表示されている値段とは別に、私たちは目に見えないもうひとつの値段というものを常に支払っています。

レンタカーでいえば、「手続きに費やされる手間や時間」だったりします。アメリカ式のレンタカーサービスであれば、カウンターに人を呼びにいく必要もなく、行列に並ぶ必要もなく、飛行機に乗り遅れる心配もありません。

目に見えない価格の中には、なるたけ人手を介さないほうが高くなる場合も多々ある、ということです。株取引でいえば、個人投資家が株を売買するのに、電話で担当証券マンをつかまえなければならない、それが従来の株取引でした。取引がコンピューター化したことで、手数料のコストダウン以上に「機会損失」という目に見えない大きなリスクを軽減することができたことになります。〝利用者の都合〟という、第三者が代行できないサービスを提供しているわけです。最近の株ブームの本当の理由は、景気などよりもこういった変化によるところが大きいのではないでしょうか？

行列の科学

行列というのは民主主義の象徴です。ですから機会平等の国アメリカでは行列に対する科学が進んでいるように見えます。その影響か、最近になって日本の窓口などでも行列の形が変化しているのですが、それに気づいた人はいますか？

上の写真は一九九九年に撮影したものですが、いわゆる従来型の行列です。

レジそれぞれに列ができる形です。どんくさいレジの係員とか、買い物の多い客の列についてしまった人が迷惑を被《こうむ》る仕組みです。

それに対して次ページの写真は最近の行列。

フォーク型のこの行列はそのリスクを特定の列に集約さ

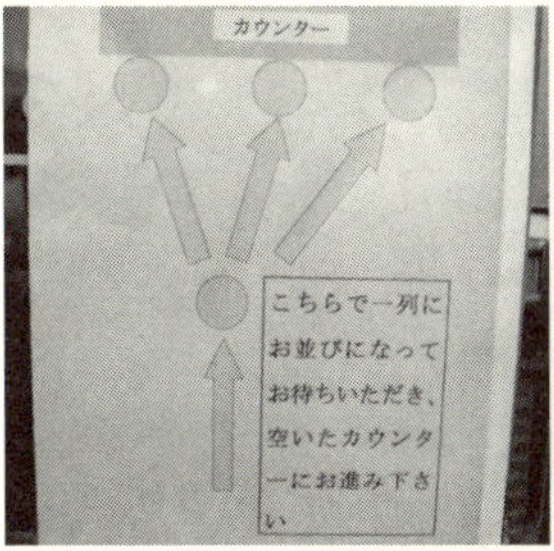

せない形です。列は一つで、レジが空くと順次そこに向かいます。最大の違いはロープの有無です。

　思えば、外資の量販店やテーマパークは、行列の並び方にうるさい。最近の行列の変化はその影響ではないだろうか？　と思う次第です。

　行列の並び方、というのはその国々の常識やルールの象徴といえます。

　ことアメリカという国のイデオロギーは「平等」です。よく用いられる表現ですが、アメリカの平等は機会の平等で、日本の平等は結果の平等です。この違いが端的に過去の行列と最近の行列の違いに表れているように思うのです。

イライラの正体

「車で森に迷い込んでしまったとき」「恋人がはっきりとプロポーズの返事をくれないとき」「病院の検査結果が出ないとき」「パソコンのインストールがうまく進まないとき」――これらはみな行列で待たされているときと同質です。

「自分の居場所はどこなの？」「あとどれくらいかかるの？」「結局正しいの？　間違っているの？」こういった疑問がイライラになる。

結果はともかくとして「あなたは今ここにいて、ゴールまであとこれくらいですよ」という道しるべさえあれば、このストレスは解消されるように思えます。方向音痴ストレスに悩むドライバーをこの不安から解放したのはカーナビでした。イライラ病の特効薬のような存在です。

もし、片思いの人に、就職面接官に、あるいはオーディションの審査員に、自分への心証を指し示す「カーナビ」がついていたら、こんなに助かることはありません。カーナビを見ながら相手が気に入るように常に会話の方向修正ができるからです。これを〝フィードバック機能〟と呼びます。リアルタイムにそれが表示されるならば、本来は落ちている面接ですら、らくらくと通過することが可能でしょう。これを〝シミュレーション機能〟と呼びます。このような仕組みで待ちから攻めの立場に逆転できる、つまり自分の未来をより有利に導くことができる、それが情報の力です。

相手がどんな性格の人か、何を好み、何を嫌うか、営業マンが顧客の情報をあらかじめ調べ上げる行為は、まさにカーナビ情報の仕込みのようなものかもしれません。いや、人類の知識というのはすべてそういうことにつかわれているように思えるのです。

〝ファーストフード〟の意味

「申し訳ございません。フィレオフィッシュは三分少々お待ちいただきますがよろしいでしょうか？」

時折マクドナルドで注文すると店員からそう確認されることがあります。

ハンバーガーショップでも、レストランでも、「待たされる」という事態に遭遇することがあります。料理が出てくるまでの時間を知らせてくれるレストランは、実はほとんどない。しかし、おおよその客にとって「待たされる」というのは、実につらいものです。

ほんの小さな質問ですが、冒頭の質問をマニュアルにいれているマクドナルドのサービスには大きな気配りを感じます。急いでいるときは、そこで注文をキャンセルし、先を急ぐという選択ができるわけです。

実際に時間を計ってみたら、四分だったり五分だったりとあまり正確ではありませんでした。ですが、それはさほど大きな問題ではありません。最悪の悲劇はむしろ「はい、かしこまりました」と言われたまま延々と「放置される」ことです。

ファーストフードの〝FAST〟は客が店を出るまでの時間を指すのであって、単に調理時間のことではない。そのサービスを期待する客が、ハンバーガーの代金に加えて「時間」という代償まで支払わされたのでは、リピートするわけがない。

ですから「早い、安い、うまい」のファーストフードに寄せられている信頼、それは品切れ時に無理やり手を尽くして「ハンバーガー」を作ってくれることではなく、「あきらめる」という選択肢をも一緒に提示してくれることではないか、と思うのです。

マクドナルドから得られた私の結論は、「本当のサービス度とは客に選択肢を与えること」というものです。

ちなみに、フィレオフィッシュが品切れのとき、私は、三分待つことよりも何も買わずに店を出る選択をします。

ディズニーランドの場合

ディズニーランドで一日楽しんで、帰宅してよくよく計算してみると、ほとんどの時間を行列の中で過ごしていたことに気づきます。並んでいる時間に比べれば、アトラクションに乗っている時間はほんのわずかです。おそらく八〇％近く（もちろん時期によって異なりますが）は「待つこと」に費やしているのではないでしょうか？

膨大な時間を行列の中で過ごしているにもかかわらず、思い返してみると、ハチ公前や病院で待たされるほどの不快感を感じていないことに気づきます。だから嫌な印象が残らない。なぜでしょうか？

そう考えてふたたびディズニーランドを観察してみました。すると、園内のあちこちに次ページの写真のような看板が置いてあることに気づきます。

こういう立て看板があちこちに置いてあって、並んでいる人誰もが知らず知らずのうちにそれを確認しているのです。

人はみな、列の最後尾に並ぶか、それとも他の空いているアトラクションに行くかを選択して並んでいるわけです。

実際に待ち時間を計ってみると、これがなかなか正確(興味のある人は実際に計ってみましょう)。なぜこれほどに正確なのだろう、そう思って引き続き観察していると、係員が「四人一列でお願いしまぁす」などと定期的に整備しているわけです。

一回のアトラクションの定員と所要時間がわかっているから、単位時間に処理できる人数が算出されます。よって、行列の長さでかなり正確に時間を予測することができるわけです。

ここに、時折係員が列数を数えて看板の位置を調整していれば、待ち時間はおどろくほど正確になるということでしょう。

なんで待つことはこんなにつらいのだろう?

待たされるたびに、そう自問します。私は、それくらい待たされることが嫌いな人間です。相手がいつくるかわからないと、拘束されたまま身動きが取れない。だから携帯で「三〇分遅れる」という連絡をくれればいいのに、といつも思います。たった一本の連絡があるのとないのとでは雲泥の差があります。それはなぜか?

「待たされている」ということは「自分の未来を選択する権利」を失った状態だからです。いわば運命を誰かに委《ゆだ》ねて宙吊りにされた状態。そうなったとたん、私たちの心には不安が生じ、それは強い不快感となり、やがては憤慨となっていきます。人によっては「待たされてプライドをひどく傷つけられた」と表現する人もいます。

ですが、「三〇分遅れる」という連絡が携帯に入った瞬間、その支配権が自分の手に戻り、張り詰めた風船からスウーと空気が抜けてゆきます。パチンコをするなり、ビックカメラを覗《のぞ》くなり、人はより有利な選択肢を求めて行動をとり始めます。「待ち続ける」という選択をしたとしても、納得してのことですから、不快感には雲泥の

「待ち時間を表示する」という発想は、精神的なストレスを減らす。写真は千葉県浦安市の信号。

差があります。

　ちょっと大げさですが、結局人間の尊厳というのは自分の力で自分の未来を選択していくことを言うのではないか、そして待たされている状態というのはちょうどそれが絶たれたような状況を生み出すということではないか、という気がするのです。誰かに仕える、という英語のウェイターという言葉もそういう語源からきているのではないか、という気もします。

選択する権利

　昔の話ですが、引退したばかりのF1レーサーが道路標識の不親切さを写真週刊誌で語っているのを読んで、感心したことを記憶しています。

　上の写真は高速の道路標識です。一キロメートル先にガソリンスタンドとパーキングエリアがある、ということを示しています。

　氏はそこで、「こういった標識は一見ドライバーに親切に見えるが、実際のところ、このガソリンスタンドを逃したら、あと何キロ給油所がないのかがわからないから判断のしようがない」と語っていました。ついでに「ガソリンの重量は燃費にも関係するから、余計な給油は避けたい」とも付け加えていました。

プロのレーサーならずとも、あと一〇〇キロ給油所がないのであれば、ここで給油をするし、五キロおきにスタンドがあるのであれば、タンクが空になるまで走ることを選択するでしょう。たしかにその判断に必要な情報はこの標識にはまったくない。つまりこの標識に書かれている情報だけでは給油するかしないかの判断はできない、ということです。

情報というのは、受け手に「より有利な未来を選択する権利」を与えるもの、と思います。

何ら選択肢が与えられていないものは「情報」とは言わずに「通告」とか「通達」とか、あるいは「宣告」などと言われているのではないかと思うのです。選択肢が与えられず、ただ宣告された側というのは運命を受け入れるしかない訳で、「どうしろというんだ⁉」となってしまいます。お役所に腹を立てる人が多いのも、彼らからの情報が、情報ではなく「通達」であることが多いからではないでしょうか。

豊かさ、とか自由というのは、たとえ同じ結果であってもそこに行きつくまでの過程を納得できる形で提供された場合、おおむねそれは自分で選択した場合になるのでしょうが、そういうときに感じるものなのでしょう。

情報の賞味期限

情報は生ものだと言われますが、であるならば、そこにはかならず賞味期限があるはず。いくらありがたい情報であっても「今さら言われても……」というものがあって、それこそが「賞味期限切れの情報」にあたるのではないか、と思うのです。

上の写真は、とあるミュージアムを目指して伊豆方面まで行ったときのものです。やっとたどり着いたと近づいてみたらこの表示……。

もちろんないよりあった方がありがたいのですが、まるで賞味期限切れの生ラーメンのような切なさがあります……。

賞味期限が切れていても、ないよりはマシかもしれません。ですが「なんでもっと早く教えてくれないの？」という気持ちを加味すれば、これは情報の「品質劣化」くらいに定義してもいいのではないか。

選択する対象というのは、未来でなければならない。選択が可能なところに配置されていないと同じ情報でも価値が半減してしまうという意味です。

一方、上の写真は、新宿のショッピングモールのものです。車が行列に並んでしまう前に判断できるよう、モールよりもずいぶんと手前の位置から表示してくれています。

「あ、だったら夕方になって出直そう」という選択肢を与えてくれる。従来の日本的な価値観では、「『待ち時間五〇分』なんて来るなと言ってるようなものじゃねぇか」となるでしょうね。知らされないまま客は並ばされて待たされる。これが前時代的なやり方でした。でも今はそういうものではない。「長く待ちますよ。それでもよろしかったら」という宣伝をわざわざ人をつけてまでやっているわけです。私にはこの男性が、「賞味期限」の守り神のように見えてくるわけです。

死刑囚の選択肢

死刑囚が、ある朝「明日おまえの死刑が執行されることになった」と突然言われても、「そうですか……」と肩を落として言うしかないでしょう。そこに何か有利な選択肢を見出すことができない以上、死刑囚は何もなすすべがない。ところが、もしこの死刑囚が脱獄を計画していたとしましょう。しかも、実行できるチャンスは死刑執行前に許されている喫煙タイム、とします。その瞬間から、この死刑囚は残された一晩を、人生たった一度のチャンスに向けての計画に費やすに違いありません。死刑囚にとってこの「通告」は「情報」へと変質し始めるのです。自分の運命をコントロールする力を持ち始める。

次ページの写真は、Ｗｉｎｄｏｗｓがデータをコピーしている際のダイアログです。ここに表示されるバーグラフ、このバーグラフの横軸は、具体的に何を示しているかご存じですか？　「データ量」か？　それとも「時間」か？　そんなことを認識して

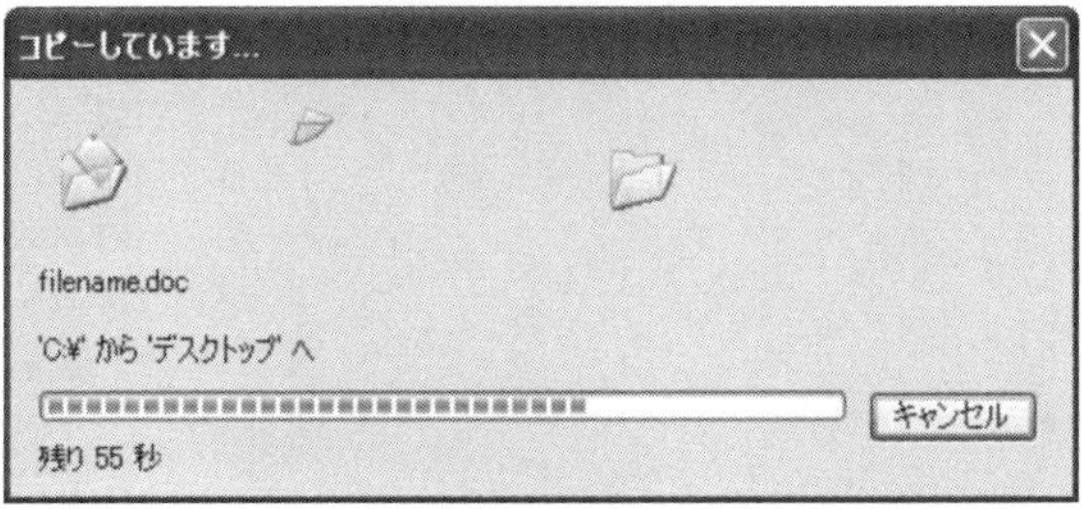

いるユーザーはほとんどいませんが、重要なのは、「おおよその待ち時間が示される」ということです。

Macintoshが登場する前、つまりDOSの時代では、このダイアログは、

「コピー中」

と表示されるだけでした。

「あれ？ もしかして、これとまっているんじゃないか？」

とユーザーが心配そうにフロッピードライブに耳を当てる光景も多々見受けられました。この文字列がバーグラフになったおかげで、私たちはあてのない束縛から解放され、電話をかけたり、タバコを吸いに行ったり、自分にとってより得な選択肢を取ることができるようになりました。

この、ちょっとした配慮によって、「通達」とか「通告」といった冷たいお役所的なものが「情報」というホスピタリティーに変化するわけです。

「待ち時間」から「持ち時間」へ

次ページの写真は、フィリピンのマニラ市内の国道にある信号を写したものなのですが、すこし変わっています。

夜に撮った写真なので、すこし見づらいかもしれませんが、上の方に「45」という数字があります。これは、道路の青信号があと何秒で変わるかを示しているのです。「待ち時間」ではなく、「持ち時間」を示すようにしているのです。

この情報のおかげで「早く行けよ」と言わんばかりに後続車のクラクションが容赦《ようしゃ》なく響きます。この土地の人々が本気で渋滞をなくそうとして出した知恵ではないでしょうか。ちょっとしたすごみすら感じます……。

表示情報が変わると、人の行動も変わります（ただし、それによって事故が減るかどうかは不明ですが……）。

45

目に見えない行間への配慮

古い話ですが、『ウルトラアイ』というNHKの番組で面白い実験をやっていました。

一般募集したモニターさんにスタジオに来てもらい、二組に分けて控え室で待機してもらいます。詳しい案内をせずにひたすら出番を待たせるのです。その様子は隠しカメラで撮影されており、一五分、三〇分、と時間経過とともに彼らの変化を見るという実験です。

その実験では三〇分を経過したあたりから、雰囲気は緊迫しはじめ、一時間近くになると、どちらの控え室も険悪な雰囲気になってきます。

そして一時間経《た》ったところで、一方の控え室だけにスタッフが顔を出して、「お待たせしました。あと一〇分で本番開始です」と案内をいれるのです。もう一方はそのままにしておきます。

するとその瞬間から両者の様子に劇的な違いが表れ始めます。

案内を出された控え室の雰囲気は、一気に和らぎ、歓談が始まりました。しかし案内のない他方は、今にも暴動が始まりそうな雰囲気です。どちらも同じ時間待たされているにもかかわらず、その違いは歴然です。

前述の「ディズニーランドで過ごした一日、そのほとんどは行列で過ごしているが、なぜか悪い印象は残らない」という理由も、ここにあるのですね。レストランにたとえるならば、メインディッシュを仕込むまでの時間を愉しませるための「ワイン」にこそ、待ち客をリピート客へと変える秘訣があるのかもしれません。

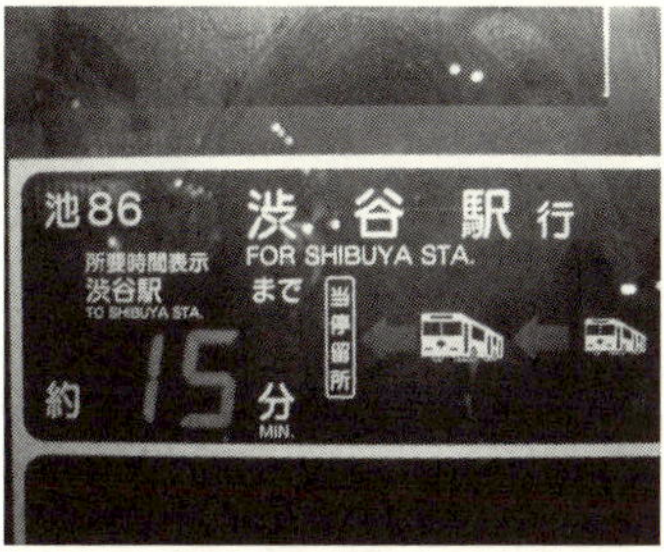

「バスが来るまであと15分もあるなら、スタバでコーヒーを飲もう……」

chapter 4

選択の基準

「ずっと変わらぬおいしさ」を売りに全盛を誇っていたボンカレーは、かつて「よりいっそうおいしくなりました」と謳ったとたんに姿を消してしまった。

今思うと、〝ボンカレー〟という新種の食べ物は、もしかしたら本当のカレーに近づく必要などなかったのかもしれない。レトルトのカレーで私たち日本人が覚えたうまさは「本場のカリー」の味などではなく、〝ボンカレー〟の味だったのだから。

デフォルト

友人のT氏はＷｉｎｄｏｗｓマシンを購入してから、インターネットの検索エンジンに、ずっとインフォシークを使っていました。そこに、これといった明確な理由はなかった。購入したハードの初期設定にインフォシークが設定されていただけの話だそうです。そして、つい最近まで、彼はヤフーの存在を知らなかったそうです。

選択できるものには、必ず初期設定、というものが存在します。テレビの場合では通常、最後に観ていたチャンネルが選択されていますが、テレビ以外の機械によっては、そうとは限りません。

最近世の中では、この初期設定、つまりデフォルトが大変な威力を持ち始めているのです。

カーラジオには、ＴＯＫＹＯ　ＦＭとかＮＨＫ・ＦＭを簡単に選択できるように、プリセットボタンがついています。最近ではJ-WAVEもこのボタンに選ばれたようです。

しかし、InterFMはまだついていないようですね。勢力関係に準じているのでしょうか？ もちろん、つまみを回せばどんな局も選択できるので、どんな周波数であっても、選択可能ではあります。ただ実際のところ、運転手はデフォルトでプリセットされたチャンネルしか選ばないのが現実です。この〝チャンネル〟にプリセットされる、されないは製造メーカーの独断で行われるのでしょうが、局の聴取率を決定づける大きな要因となります。その選択基準は、とくに明確に規定されているわけではなく、メーカー側としてはユーザーの聴取頻度が高そうなものをプリセットしているに過ぎないに違いない。ところが、このプリセットこそが、ラジオ業界を寡《か》占化《せんか》している張本人です。〝デフォルト〟というのは、それほど大きな影響を私たちに与えているのです。

プリセットのない時代のラジオには、局のチャンスは平等にあった。

居酒屋での光景

店員「飲み物は何にしましょう？」
客「とりあえずビール」
店員「何本いきましょう？」
客「とりあえず二本」
店員「かしこまりました」

かつて私の知人で「とりあえず」というビールの商標を申請していた人物がいます。彼曰《いわ》く、客が「とりあえずビール」と言った数だけこのビールが出れば、一気にシェアが一位のビール会社になれるに違いない、という奇抜な発想でした。

この商標が取れたかどうかは知りませんが、デフォルトの力というのはそれくらい強いものです。

さて、この店員がキリンを出すか、サッポロを出すか、あるいはアサヒを出すか、これが居酒屋のデフォルトです。この受け答えで、各社の売上げが左右されるわけで、ビール会社の営業マンは、このデフォルト獲得のために日夜働いているのです。

NTTの電話代はなぜ高い？

「0041」とか「0060」とか、第二電電（当時）各社は、しきりに宣伝をやっています。

巨人NTTにサービスと価格で勝つために、各社は宣伝以外にも大金をかけて、一番安い電話会社を選択する機械を取り付けるサービスまでしています。正直、えらいと思うわけです。

でも、えらいと思っても、なかなか使うことはないのが実情でもあります。

なんで、使わないんだろう？

電話交換機のデフォルト設定が一〇〇%NTTに設定されているからなんですね。ふだん、私たちが店で買ってくる電話、これは番号をそのまま回すと、無条件にNTT回線につながってしまうのです。

第二電電を使うには、「0041」や「0060」などの番号を付け加えなければなりません。このわずかな手間の違いこそが最大の障壁になっています。これではNTTに勝てるわけがない。

もし、すべての通話に自動で「0060」を付加するようなハードが普及すれば、その会社は大繁昌するでしょうが、「目に見えるもの」に人は敏感に反応します。「選択させろ」と消費者団体はクレームをつけるでしょう。重要なことは、「目に見えない形」で、つまりデフォルトでいることなのです。

台帳に載らない大きな資産

ある日、一〇四番号案内で、表参道にあるKというバーの電話番号を聞きました。「お届けはございませんが……」という冷静な女性の声に、「絶対にありますよ、先月もこうやって教えてもらったんですから！」と言い返しましたが、「いえ、お届け

はございません」の一点張り。「わかりました。では、よそで聞きますから結構です！」と言いかけて、やめました。一〇四番号案内はＮＴＴ以外どこもやっていない……。

　ローカル線を敷き詰めてきたのは旧電電公社ですが、その番号の割り当て権は誰にあるのだろう？

　実はそれこそがこの競争の最大のキーです。電話番号を業界全体が共有できる仕組みになっていたら、あるいはこの競争はもっとフェアになっていたかもしれません。ローカル番号を割り振る行為が一社に独占されている以上、どんなに価格競争したところで、フェアな競争にはなりきれない。「電話番号を割り振る事業」という、資産台帳には載らないこの権利こそがＮＴＴが引き継いだ目に見えない一大資産となっているのです。この権利を持っていないと、携帯電話のように、冒頭に「０９０」や「０８０」などといった識別番号をつけてもらう必要が出てくるわけです。

　ちなみにアメリカでは携帯電話と固定電話の番号はまったく同じです。普通にエリアコード（＝市外局番）から始まる番号ですから、相手が携帯なのか固定なのか区別がつかない。これはどういうことかというと、携帯電話会社も固定電話の番号を割り振る権利を持っているということです。AT&T以外の電話会社が固定・携帯を問わず競争ができるようになっているのです。その恩恵にあずかるのは一般ユーザーです。ですが日本だと、私の名刺に書いてあるオフィスの番号をそのまま回すと無条件でNTTの回線が使われる。つまり番号は「NTTの」番号なのです。

携帯電話であれば、「NTT DoCoMo」も「KDDI」も「SoftBank」も「090」や「080」から始まりますが、もし、このうち「NTT DoCoMo」一社だけがそれを必要としなかったら？　もうとっくに勝負は決まっていたに違いありません。そういった状況が今の固定電話の世界では当然のように出来上がっていて、第三者が参入したり競争したりする余地がない。前述の一〇四番号案内サービスができる企業はNTT以外にありえないのです。

国際電話の選択権

アメリカのホテルからオペレーター経由で国際電話をかけようとすると、使う電話会社を必ず聞かれます。AT&TとかSprintとかがあるのですが、私は日本にかけるのはどこが安いのかわからないので、適当に「AT&T」と言ってしまいます。

そして、これは、NTTをデフォルトにしている日本人の習慣の表れかもしれないな、と反省するわけです。もし、オペレーターが無条件でAT&Tにつないでしまったら？　アメリカでは間違いなく裁判沙汰でしょう。それほど、競争が激しい国ですから。日本の競合他社をいつまでも「第二電電」のままにしているのは、「旧電電公社」をいつまでもデフォルトにしてしまっている、私たち自身の意識です。

「アメリカのホテルは風呂がぬるい」とお嘆きの貴兄へ

次ページの写真は、アメリカのホテルの浴槽の蛇口（右）と、日本のホテルの浴槽の蛇口（左）です。

どちらもそれぞれ、温度を調節して、適温のお湯を出すためのごくごく一般的なものです。

しかしこの二者には、アメリカと日本という、二つの国の文化の違いが端的に表れています。何がどのように表れているというのでしょうか？

アメリカのホテルの蛇口は、ノブがひとつしかありません。これを回すと、最初は冷たい水が出てきます。そして、そのまま出し続けているとそのうちに温かいお湯になっていく。

それに対して日本のホテルの蛇口は、ノブが二つあります。最初からお湯と水の両方があって、一方からは最初から熱めのお湯が出る。

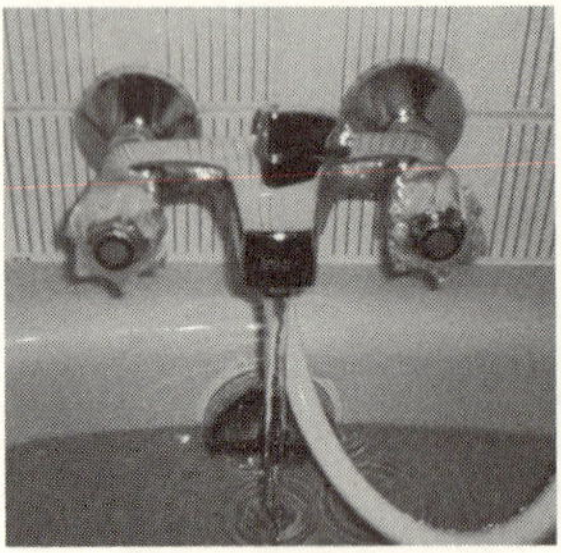

この違いは一体どういうことなのでしょう？
答えは簡単。アメリカは、シャワー用、つまり水が使い捨ての構造になっているのです。それに対して日本のノブは、浴槽に湯をためておいて「追焚《おいだ》き」ができるように作られています。
ですから、浴びることを前提としているアメリカのノブからは、追焚きに必要なほどの熱いお湯は出てこないことになります。
がんばってタブ（浴槽）にお湯をためたところで、アメリカのホテルでは日本人が望むような熱いお湯を得ることができない理由は、ここにあるのです（とは言っても、ここ最近、日本のホテルも、「安全性」への配慮からでしょうか、かなりぬるくなってきましたが……）。

プレイステーション2とゲームキューブの主電源スイッチの違い

こういったことは、別の製品にも見ることができます。

プレイステーション2の主電源スイッチはひっそりと背面についています。こまめに電源を切るには不便な位置です。

一方、ゲームキューブは、メインスイッチは、大きく上面にとりつけられています。

この違いは、単にデザインの違いではありません。

ソニーはプレイステーション2でネットワークを強力に推し進めようとしています。そのためには、ビデオの録画予約と同じく待機電力で常時スタンバイをしていなければならない。

一方、任天堂はというと、余計なコストはかけずに、すぐオフにできる、いわゆる家庭用玩具を追求しようじゃないかという、ソニーとは対照的な強い意思表示がこのスイッチの仕様に表れています。

両者とも今、次世代機へと移行しつつありますが、データダウンロード全盛の昨今、その目論見がデザインに反映されています。そういう観点でハードウェアを見るのも一つの愉しみです。

インターフェイスは、誘導すべき道を形にしたものです。「こう使われるべきだ」という提供者の意図を示す役割を担っているのです。

わざと「何かをできなくすること」で、提供者にとって芳しくない事象からユーザーを遠ざけること、これこそがいわば誘導ということになります。

インターフェイスとはこの意思表示なのです。

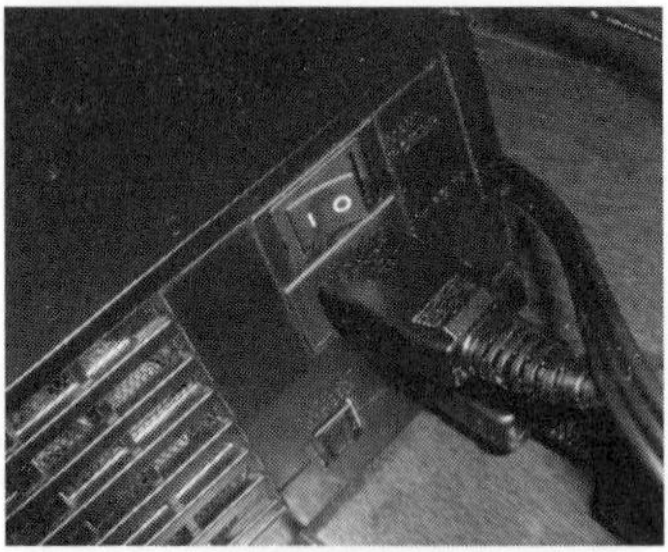
プレイステーション２の主電源スイッチはわかりにくいところにあるのに対して……

ゲームキューブの主電源スイッチは一番目立つところにある。この違いは何だろう？

スタンダードの力

コカ・コーラフェチである私に、ある日、買出しに行ったスタッフが生協ストアのオリジナルコーラを買ってきました。上の写真は、両者を並べて見比べたときのものです。写真のとおりパッケージも、中身も、コカ・コーラにそっくりです（カラーでないとわかりにくいですね）。

興味本位で、飲み比べをしてみたのですが、味にも大きな違いはありませんでした。言われなければ、区別がつかない。しかも値段は、安い。

でも売れているというわけではなさそうです。

このコカ・コーラを観察しながら、私たちの心のよりどころ、つまり「スタンダード（基準）」について考えてみたいと思います。

中国・天安門広場のコカ・コーラは果たして中国製か？

数年前、中国をはじめて訪れたときのことです。天安門広場で、はじめて見る中国に胸おどらせていた私は、広場で飲み物を売る屋台に気づきました。「あそこの屋台で売っているのは本場四〇〇〇年のウーロン茶か？　いや、もっと珍しい飲み物かもしれない……」

中国ドリンクへの期待に胸を膨らませながら、私は興味津々でその屋台に歩み寄っていきました。ところが、そこにあったのはなんと中国語の缶に入ったコカ・コーラだったのです。毛沢東の肖像が見下ろす天安門広場で、私はいつも飲んでいるのと変わらないコカ・コーラを飲みながらボーッと考えていました。それは「このコーラは中国製なのか？　それとも本国アメリカ製のものなのか？」という小さな疑問です。

結局、衛生面でちょっとばかり問題がある中国では、私はコカ・コーラばかり飲むこととなりました。そこにあったのは、文明人としてコカ・コーラというブランドによせる曖昧模糊《あいまいもこ》とした安心感でした。異国の地でも外国人に愛される、それがスタンダードの強みなのです。

バーガーキングが自社コーラを作らない理由

「うちの店はコカ・コーラですよ」と誇らしげに、店頭に看板を出している店を見かけます。喫茶店からお菓子屋、はてはスナックまでいろいろです。

どうせキックバックがあるんだろう、そう考えていたのですが、全米の大手ハンバーガーチェーンともなると話は別です。「バーガーキング」の紙袋には、ハンバーガーとともにコカ・コーラのイラストが施されていたのです。もし私が全米最大規模のチェーン店の社長だったら、わざわざコカ・コーラなんか仕入れるより、生協コーラみたいなオリジナルを作って売るに違いありません。だが、あえてそれをせずに「うちはコカ・コーラですよ」とアピールさせるに足る力が、そこには働いているのです。

しかし、そもそもコカ・コーラという飲料のカテゴリーって何でしょう？　オレンジジュースでもアップルジュースでもコーヒーでもない。まさしく人間が生み出した人工飲料水。あの色といい味といいはじめて口にしたときは「なんじゃこれは!?」と驚いたものです。つまり、消費者には、まったくあたらしいカテゴリーの飲料水を受け止める「引き出し」が心の中にない、それがデビューしたときのコカ・コーラだったはずです。

もしあなたがコカ・コーラの営業マンだったら、何も知らない人にこの色水をどう説明しますか？　比較するものがないものは説明が実に困難です。

しかしそれが知らず知らずのうちに水のように、いや、もしかしたら水よりも多く飲まれるようになったのです。それほどの飲み物を私たちに飲ませている威力って何なのだろう？　どうしてここまでポピュラーになれたのだ？

新分野というのは、そういうものなのです。浸透するまでには大変なエネルギーを必要とするのですが、一度それが認識されてしまうとスタンダードとして大きな力になるものなのです。

コカ・コーラは本当に「おいしい」のか？

安心感、それがコカ・コーラのマーケットだと思うのです。見知らぬ土地に行ったときこそ飲んでしまうのが、コカ・コーラなのです。マクドナルドもケンタッキーも、なぜかタワーレコードもそうに違いありません。外国人であふれている六本木で一九九八年になるまで、吉野家で外国人が牛丼を食べているのを見たことはありませんでした。でも、いまだに「午後の紅茶」や「カルピスウォーター」を飲んでいる外国人の姿を見かけたことはありません。マックユーザーである私は、Ｗｉｎｄｏｗｓ95を散々触ってみて、なかなか好きになれなかった。マックの隅々まで知っている私にとっては、どう考えてもＭａｃｉｎｔｏｓｈのほうが使いやすいと思えてならなかったのです（少なくとも当時は）。

なぜかコカ・コーラの看板を大々的に出している家具屋。これも安心感の演出だろうか？

そこでパソコンに精通している知人にこう聞きました。「つまるところＷｉｎｄｏｗｓ95を使うメリットって何？」と。そうするとその知人はこう答えました。「シェアが高いことだよ」。

なるほど。Ｗｉｎｄｏｗｓ95が売れている理由はシェアが高いこと、これはどんなマック支持者でも否定しようのない、鉄壁の理屈ではないか。大勢だからの安心感、これって人類共通の特性なのです。

バージョンアップせずに競合に立ち向かうということ

コカ・コーラの話に戻ります。コカ・コーラがWindowsと違うのは、バージョンアップがないことです。コカ・コーラはずっと同じ味を保ってきました（わずかな変化はあるかもしれませんが、それは私たちが気づかない程度のものです）。

かつて、健康ブームにのっかろうと「透明なコーラ」を出したことがありますが、その途端売れなくなって、あわてて「コカ・コーラ・Classic」と強調して出しなおしたくらい、この味は変わりません。宣伝でも、コーヒー飲料などのように「××製法により、いちだんと豊かなコク」なんてコピーはついぞ聞いたことがない。宣伝はいつも味に関してノーコメントです。なぜ？

その答えは、『くいしん坊！万才』にありました。この長寿グルメ番組のコメンテーターは、料理を口にしても「おいしい」という言葉を言ってはならないのだそうです。なぜならば、一度その表現を使うと、次回以降も視聴者は「おいしい」という言葉を期待してしまうから。もし言わないときは、「まずいに違いない」と取られてしまうのだそうです。

つまり、「変わらない味」はコメントしてはならないのです。バージョンアップのような変化というのは、ユーザーの期待を煽《あお》るものであり同時に未知への不安を伴わせるものです。コカ・コーラはあたらしい味を期待させてはならない。

かつて、ペプシコーラのテレビCMで一般消費者にブラインドテストするものがありました。半数近くの人がペプシコーラをおいしいと答えたという宣伝です。実際、ペプシコーラとコカ・コーラを飲み比べて、

「さて、どちらがおいしいか」

と迫ったら賛否両論あるでしょう。極論すれば、コカ・コーラが本当においしいかどうかなんて考えさせてはならないのです。変わらぬコカ・コーラであることが一番重要なのですから。自らが〝本人〟になってしまえば、どんなそっくりさんが来ても負けない、という理屈です。

コカ・コーラとペプシコーラ

VHSとβ

WindowsとMacintosh

どれも本質に優劣をつけることなんて素人《しろうと》にはできません。重要なのは、どちらが基準として存在を主張するか、だけです。約半数の人々がペプシコーラを選んだのはブラインドテストだったからではないでしょうか？　この理屈でいけば、目を開けて選ばせていたならばもっと違った結果になったに違いありません。言い方を変えると、コカ・コーラは、おいしくなる必要はないのです。

人類は「見慣れたもの」「食べ慣れたもの」「既に知っているもの」に傾倒する習性があります（一部のひねくれものは例外として）。これが〝デフォルト〟の力です。要はどちらが口に慣れているかということなのです。エジプトの空港にも、テレビを見ても、街の看板を見ても、またスポーツの試合を観ていても、あちこちにコカ・コーラの看板がある。アラビア語は読めない私でも、エジプトの空港で絵を見ただけで瞬時に「あっ、コカ・コーラだ」とわかるまで、トレーニングされてしまいました。

それは味覚も同じことで、五歳のときに「なんじゃ、この味は？」と思ってから今まで「この味は〝これでいいのだ〟」とひたすら私の味覚のほうが近づいてきた三十数年だったようにさえ思えます。

コカ・コーラは膨大な費用をかけて、「この味は、実は〝おいしい〟とされていますよ」という価値観を私に教えてくれたのです。ひとたび基準（スタンダード）になってしまった以上、人の価値観は逆に商品についていくようになるのです。

そうなったら、〝さらにおいしく〟変わる必要などありません。これはすごいことです。マイクロソフト社が行っているような膨大なR＆D（研究開発）コストが不要なのですから。

スタンダードになってしまうということ

人間は、日々たくさんの選択をしています。強い意志を持って何かを選択する場合もありますが、ほとんどの場合、「なんとなく」です。そこにあるからそれを使う、それを聞く、それがほとんどです。そして馴染《なじ》んでゆく。

先のコカ・コーラのケースでは、安心感という心のデフォルトがコカ・コーラの最大の強みでした。見知らぬ土地に行ったときこそ飲んでしまうのが、コカ・コーラなのです。マクドナルドもスターバックスもそういうことです。

私たちが選択をするときは、そのよりどころとする何らかの基準を持っています。ところが、ふとその基準が変化したときに、思いもよらないものを選択するようになるのです。ゲームのスコアががらっと変わるとプレイヤーの挙動が変わるのと似ています。

現実はそう簡単には変わらないものですが、ひとつ面白いお話を紹介することにしましょう。

バージョンアップしないハインツを勝利に導いたたった一行のコピー

アメリカの老舗《しにせ》ケチャップメーカーのハインツが、シェアを落としたときの話です。シェア低下の理由は、競合他社のケチャップがチューブで販売されていたこと。ハインツのトレードマークであるガラスのビンでは、振っても振っても中身がなかなか出てこない。いっぽう競合他社は、手で絞ると簡単に出てくる。

これに対抗するためハインツの経営陣は、ケチャップの成分を液状に変えるか、それとも長年のトレードマークであるビンをやめるか、最後の選択を迫られていたといいます。どちらを選択しても老舗の看板イメージを大きく変えることになる。

そのとき、あるマーケッターがこういう提案をしたそうです。

「ハインツのケチャップが、振ってもなかなか出てこないのは、それだけトマトをふんだんに使っているからです」というキャンペーンをしてはどうか、と。

そしてハインツは、このコピーで大キャンペーンを決行しました。

健康ブームも手伝ってか、結果、これでハインツはシェアを挽回したといいます。

このときの、ホットドッグを持ったタレントがジェットコースターに乗るＣＭは、日本でも放映されたので覚えている方もいるかもしれませんね。

モノゴトの良し悪しというのは受け取り方でいかようにでも変わるということです。

たった一行のコピーでその価値観をひっくり返してしまうというのは、いかにもゲーム的なエピソードだなぁと思った次第です。

chapter 5

日常生活の中のエイリアン

誰が名づけたか知らないが、「風呂」という言葉の響きには、とても情緒がある。だがある日、私の家のバスルームには、〝呂〟などという設備はないことに気づく。私が愛用しているのは、「風呂」と名づけられたコンピューター制御の給湯設備である。そう思って見回すと、周囲にある便利なものというのは、なぜか見慣れたものを装って親しげに私の生活に入ってきたものが多い。しかも私が気がつかないうちに……。

携帯電話と名づけられた無線機

会話の最中に電話が突然切れた――、なんてことが普通に言われる時代になりました。携帯電話の普及による変化です。かつての固定電話の時代では許されないことでした。普及するにつれ「携帯電話は固定電話とは違うから」と社会が受け入れているようにも思えます。では、ここで考えてみましょう。固定電話と違う携帯電話っていったい何なのでしょう?

いろいろと仕様を比較すると、実は携帯電話はむしろ無線機であるという答えに行き着きます。するとあまのじゃくな私としては、「無線機がなぜここまで普及したのか?」と考えたくなります。

余談ですが、かつて「ＮＴＴ ＤｏＣｏＭｏ」

が株式公開した際、マスコミは今世紀最後の大型公開、と表現しました。きっとそれは皆がこの無線機を「電話」と思い込んで使い始めたからではないか、と思うのです。正確にいうと、「電話」というメタファーで、私たちがこのサービスを捉えたからだと思うわけです（メタファー＝隠喩《いんゆ》、ですね。無線機を電話にたとえた、と）。

もし携帯電話が「電話」としてデビューしなかったら？

携帯電話が存在しない時代でのシミュレーションです。

都心部にイヤというほどタクシーを走らせているタクシー会社数社が、放送局かどこかと結託して「無線のサービス」を大々的に開始したとしましょう。

マーケッターは、綿密な市場分析の結果、まずは業務用や重役用の自動車へ、そして徐々に一般へ普及、というプランを練り上げました。関係省庁の認可も下り、銀行や投資家からの軍資金の調達も万全です。数億円をかけた大プロモーションの広告のコピーは、「これからは無線の時代。どこからでも話せる『無線コミュニケーションでビジネスチャンスを逃すな！』だね」。

日経新聞は、「いよいよ通信に無線時代の到来」と書きたてました。

……と仮定します。

しかし、結果はというと、誰にも見向きもされないままこのサービスは終わったに違いありません。消費者は、この無線はどうやって相手にかけるものなのか、どうやってつながるのか、つまるところ何に使うのか、何ひとつわからなかったのです。申し込んだのは一部のハムのマニアぐらいのもので、週刊誌はこのさまを「キャプテンサービス以来の空振り」と書きたてるに違いありません。

実は、こういうことはどの業界でもありがちな話です。

しかし、この無線機はブレイクした!

ところが、実際はというと、このサービスは電話会社によってスタートされました。そして大成功をおさめたのです。その鍵となったのは、彼らがこの無線機を「電話」と命名したことにありました。周波数なんて技術用語を使わずに一〇ケタの数字を「電話番号」と呼びました(いまは一一ケタに変わりましたが)。

これが功を奏したのです。言うまでもなく彼らの最大の武器は「電話」というイメージでした。

無線のマイクに向かって話せと言われても、どんなことを話せばいいのかさっぱりイメージできなかった消費者も、「持ち歩ける電話」となると、かなり使い勝手のいいイメージが湧きました。電話というのは無線機とは違って既に生活の一部となっていたからです。消費者には、この新製品を受け入れる引き出しがあったのです。最初は会社の重役の車、そしてゆっくりと一般へこのサービスは普及していきました。すぐに使わない消費者も、興味深くこのサービスを観察し、やがてこの無線機は市民権を得て、ブレイクしました。「ＮＴＴ ＤｏＣｏＭｏ」は、ＮＴＴから独立した無線サービスの会社です。でも、もはや誰もそんなことは言いません。すでに私たちの意識の中でこのサービスは「電話」として確立しているのですから。

魔法の鏡

ある晴れた日に、渋谷センター街を歩いていた私は、小さな発見をしました。
それは、左の写真にあるとおり、プリクラに関するものです。

街中のいたるところで見られるプリクラの機械。たったひとつだけ見慣れていないものは……。みなさんおわかりになりますか？

画面に写っている「BURGER　KING」の文字をよくご覧ください。なんと反転しているではありませんか!?

びっくりした拍子に撮ったのがこの写真です。

なんということでしょう、これまでぜんぜん気づきませんでした。プリクラは、私たちが毎日見慣れている鏡を模《も》倣《ほう》するためなのか、左右が逆になっていたのです。いつも見ている自分の顔を映し出すことが本人にとって一番かわいく思える秘訣なのでしょうか、いずれにしても作った人はかなりえらいです。

さて、この本にはたくさんの写真が使われていますが、すべて安価なデジカメで撮影されたものです。

デジカメは楽なのでいつも持ち歩いているのですが、なぜ楽かというと、ちゃんと写っているかすぐ確認できるからです。

「写真を一番見たい瞬間は撮影の三秒後である」

という名言があるかどうかは知りませんが、とにかくほしいものがすぐ確認できるということは今の時代、とても大切なことのように思えます。

まだ見ぬ結果を予測するのはカメラマンの職人芸です。技術の習得には相当な根気と時間が必要に違いありませんが、デジカメユーザーの私にはまるで無用です。気に入る写真が撮れるまで何度も繰り返せばいい。

そんな話を、「たたき上げのフォトグラファー」を自称する知人にしたところ、面白い話をしてくれました。

それはごく普通の女子高生にデジカメを貸与し、身辺の写真を撮らせ、それらを集めてそのまま出版しようという試み。

さてそこにはどんなものが写っていたのか……。

回収された写真に写っていたもののほとんどが彼女たち自身だったそうです。しかもどれもすごくよく撮れていたとのことです。

「どのアングルとどの表情の自分が一番かわいいか、彼女たちは誰よりも知っている」とそのプロカメラマンは、半ばあきれた口調で語っていました。

被写体を一番わかっている者だけが最高の一枚をものにできる……。デジタル技術は、写真家の常識を証明しただけなのかもしれません。

『シーマン』の違和感

ここでまた『シーマン』を例に挙げます。

ご存じの方も多いと思いますが、『シーマン』にはやけに緻密でリアルな背景世界が存在します。

ゲーム雑誌で初めて掲載した予告広告は、広告とはわからないような挟み込みの科学雑誌の体裁をしたものでした。そこには、古代エジプトの伝説からシーマンが発見されるまでの経緯などが詳しく記されていました。

英語版発売の際にも、これらの世界観は英文に翻訳され、米国で広く紹介されました。実在する話なのか、セガの米国法人には多数問い合わせがあったようです。もちろんこれらは架空の話です。

なぜ、ここまで手の込んだ世界を作り上げる必要があったのかについてお話しします。

「ペット」というメタファー

ゲームというのは、言ってみれば「かけひき」です。そこにはかならず目指すべきゴールや、守るべきルールというものが存在します。これらが文法として共有されていなければゲームは成立しません。

ですから、当然これらの情報はマニュアルに記されるわけですが、それまでに前例のないカテゴリーのゲームの場合、ゼロからその文法を説明することになります。したがってマニュアルがかなり厚くなります。

すでに確立している分野のゲーム、たとえばサッカーゲームや野球ゲームの場合、ゲームマニュアルには、その詳細まで記す必要はありません。サッカーや野球そのもののルールは省略されます。サッカーや野球のルールをゼロから入れるとしたら、これは大変なことになってしまいます。広告のコピーもたとえば「マリオゴルフ」などという一言で、ゲームの概要を伝えることができるわけです。ですが、『シーマン』はそうはいかない。

この新種の生物が発見されるに至るまでのさまざまな歴史的背景資料。

『シーマン』という新種のゲームが、はたしてどんな分類のゲームなのかを知っている人は皆無です。それをすべて説明することは、容易ではありません。音声認識なんていう、まだまだ認知度の低い入力をユーザーに強いるわけですから、なおさらです。本来、あたらしいタイプのゲームが紹介される場合、チラシや広告のスペースはとうとうとゲーム説明に費やされることになります。それらは、メーカー側には宣伝コストとなって、消費者側には敷居の高さとなってはね返ってきます。これこそが、新分野のゲームを売り出す際のリスクなのです。

『シーマン』がセガから投入される際に、あまり大きな宣伝費を期待することはできませんでした。そこで、『シーマン』は、「ゲーム」という言葉を一切使わず、すでに多くの人が知っているメタファーを使うことで、説明を回避する策に出ました。そのメタファーとは「ペット」という言葉です。

マニュアルは必要悪

ペットという言葉を聞けば、ほとんどの人は、何をすべきか、すぐにイメージすることができます。

「餌《えさ》をあげる」
「世話をする」
「交尾させる」
「産卵させる」
「酸素を供給する」
「温度を保つ」
「空腹が続くと、餓死する」

といったことがそうです。『シーマン』では、パッケージからマニュアル、広告にいたるまで、「ゲーム」という言葉を一切使わないことにしました。

すべて「ペット」と言い切ることにしたのです。そのおかげで『シーマン』はユーザーに知ってもらいたい広告やマニュアル数十ページ相当の説明を省くことに成功しました。

マニュアルというのは、ユーザーにとっては必要悪です。分厚いマニュアルはユーザーに恐怖感を与えるものです。もしこれが簡略化できれば、それだけユーザーの精神的、時間的な負担が減ることを意味します。

広告の伝達効率にも、その好影響は及びます。

「3Dの技術によるリアルな育成環境で、未知なる生物と対話するゲームです」

とか、

「音声認識技術により、付属のマイクを通して……」

という代わりに、

「これはペットなんですよ。ですから、細かい説明がなくてもわかりますよね」

という説明ですべてやり過ごすことで、広告効率が飛躍的に高まりました。この話はあまりしたことがないのでそれほど知られていませんが、効果は絶大でした。

あたらしいゲームに取り組むに際して、ユーザーは期待感と表裏一体の恐怖感と立ち向かうことになります。その払拭《ふっしょく》は、ゲームが複雑化する昨今、いまのゲームメーカーが気をつけなければならない重要なポイントです。

「音声認識技術を駆使した」

なんて言葉が誇らしげに書かれている時点で、一般の人はかなり高い敷居を感じます。こういう技術的な言葉に惹《ひ》かれる人々がいるのも事実ですが、それは特殊な興味を持った人です。ゲームは、IT的な要素以上にエンターテイメント要素が重要ですから「マルチプレイヤー対応のシステム搭載」とか、「マルチエンディングシステム搭載」とか、「ネットワーク対戦により」とか、「3D機能がさらに強化」などといった技術的な言葉は、セールス文句である以上に、煩雑《はんざつ》な障害となる危険な表現です。

雑誌などのメディアでは「ことばを話す魚」という表現を使ってもらい、この、ローテクでバカバカしい表現が人々に安心感を与えるという効果を狙いました。

「生きている」という合意の儀式

ある著名なコピーライターの方がこんな話をしてくれたことがあります。「僕は、ハリウッド版の『ゴジラ』を褒《ほ》めた数少ない日本人だよ」と。

その理由は、ゴジラをみて「あっ、ゴジラだ」と叫ぶ人物が誰一人として映画に登場しなかったからだそうです。その方は、なぜゴジラが現代に登場したかをきちんと説明する姿勢がハリウッド映画の肝だ、と言っていました。『ジュラシック・パーク』においても、恐竜が現代によみがえる根拠がきっちりと示されているので映画が生きる、というわけです（事実かどうかはともかくとして）。もっともらしい根拠が示されていれば、ユーザーは安心してその世界に入ってくることができます。

「シーマンは実在する」と言わんばかりの背景を緻密に構築したのは、「あなたのペットは、こういう経緯で、いまお手元にとどいたのですよ」という説明を自然につけるためでした。ですからこれらの世界観はゲーム本編そのものに重要なのではなく、育成を安心して開始してもらうための、付随情報でした。結果、『シーマン』が社会現象的なブームになった頃には、苦労して作ったこれらの世界観はもう誰もが忘れて用なしになってしまいました。

携帯電話ではありませんが、違和感を払拭《ふっしょく》するためのこのような説明は、受け入れられたあとには、すべて忘れられてしまった方がいいのだ、と思うようになった次第です。

日常生活の中のエイリアン

人間はあたらしいものと出会うと、安心感を求めてそれを既存のものに置き換えるという習性があるようです。そのせいか、これまでにないあたらしい技術などは、「既にある別の名前」で私たちの生活に入り込んできています。まるで地球人になりすましたSF映画のエイリアンのようです。

周囲を見まわしただけでも、そういう例はそこらじゅうにころがっています。

我が家の「下駄箱」には下駄なんか一足も入っていませんし、私の「筆入れ」には筆はおろか鉛筆すらも入っていません。執筆は、「デスクトップ」と呼ばれるパソコン画面に向かって行われ、この原稿は郵便屋さん不在のまま、深夜の編集部に「メール」されることでしょう。何も積み降ろしているわけではないのに、メールを「ダウンロード（積み降ろし）」した編集者は、これっぽっちの重さもないメールに「軽い」とか「重い」とかコメントしたり……。

優れた製品ほど、「なぜ今までなかったのだろう?」と言われます。生活必需品になるためには、人の意識の中に自然に入ってくる必要があるのです。革新的なことと日常の必需品であることは背反するという先入観がありますが、実はこの両者は決して背反するものではない。ただ、革新的なものというのは往々にして、それを受け入れる引き出しがユーザーの心の中にないだけです。すでに見慣れた自然な姿を装って入ってくること、これこそが「なぜ今までなかったのだろう?」と思わせる、重要なキーであるように思います。

chapter 6

人を動かす引力

明確な目的を持っている場所には必ずと言っていいほど強力な引力が存在していて、人はおのずとそれに引っ張られて行動するものだ。

上の写真は、回転寿司で食べた皿とビール瓶をわざわざレジに運び込んで精算する外国人。「そこまでしなくてもいいのに」と一笑に付すことは容易だが、引力とはそうやって人を引きつけるものだ（びっくり寿司六本木店にて）。

目玉のある風景

最近完成したゲームの新作についての話をします。

このゲームは「人海戦術落城アクション」というサブタイトルを持つ、戦国時代を舞台としたピンボールゲームです。

サブタイトルの通り、普通のピンボールとはちょっと違っていて、盤上ではたくさんの兵たちが一生懸命に戦っています。そこに巨大なボール玉が行き来するわけです。

このゲームで表現したかったことは戦国時代の「ワンマン」、つまり「一将功成りて万骨枯る」という構造でした。プレイヤーは、コントローラーのマイクを通じて声で指示を出し、その指示を受けた兵たちは犠牲になりながら攻めあがっていくことになります。

自らを犠牲にする兵たちはプレイヤーの采配をつぶさに見ていて、よろしくない人物だと信頼度は下がる。すると兵のモチベーションも下がり、やがては指示通りには動いてくれなくなります。指示に従わせるためには彼らからの「信頼度」が高くないといけない。ワンマンがワンマンでいられるための条件をこの「信頼度」としました。

左の写真は二〇〇四年五月にロスアンジェルスの展示会に出展したときのバージョンです。

さて、ここでは人格を持った兵の群集と一人の武将（プレイヤー）との確執を表現したかったのですが、どうも何かが足りない。

わらわらと動く兵たちの行動はとてもよくできており、ゲームもそれなりに面白いのですが、いまひとつ散漫な印象が拭えない。

「足りないものはなにか？」、と考えてみたのですが、それはゲームプレイの中心的な存在となる「目玉」であることに気づきました。

あくまでこのゲームの主役は「武将にふりまわされて犠牲になってゆく兵たち」。ですから、それ以上の要素を入れることを私は避けてきたのです。その結果プレイヤーは意識をどこに集中していいのかわからない。

もっと強い引力を持つアイテムを視覚的に表現してプレイヤーを導く必要があることに、後になって気づいたのです。

そこで、翌年の二〇〇五年バージョンでは、ゲームの中心に「釣鐘《つりがね》衆」という目玉的な存在を入れることにしました。左の写真がそれです。画面中心にいるのが釣鐘をかついだ衆で、いわば兵たちの象徴です。

彼らを護衛しながらゴールまで導いてやる、という設定にゲームを変更しました。アメリカンフットボールでいう「ボール」にあたるものを設定したわけです（「釣鐘」にした理由は、ボールでヒットするとイベントが起きる、というしかけで引力を強めたかったから）。
この年のショーでは釣鐘が兵の精神の象徴である、ということをアピールするために、七五〇キロもある梵鐘《ぼんしょう》を富山県高岡市の職人さんにオリジナルで作ってもらい、ロスアンジェルスの会場まで輸送展示しました。

この「目玉」の存在によって、このゲームはプレイヤーの注意を喚起することに成功し、面白くなりはじめました。「ユニークな」ゲームと言われていたこのゲームは、その結果として、「面白い」ゲームになることができたのです。

一五ページの「マニュアル作成」の話とも似ていますが、見慣れた自分自身に不足している要素を見つけるということは難しいことです。しかしそれゆえにとても重要なことだといつも思います。

ゲームの開発というのは多くのスタッフによって行われるもので、鉄道の敷設に似て、日々ゆっくりと、かつ大規模に進んでいきます。ですので方針変更の決断もタイミングを失いがちです。

こんなに巨大な実物の梵鐘をわざわざ作った理由は、今にして思うと自分自身を含む開発チーム全体の意識を変える強力な引力が必要だったからかもしれません……。

増幅する引力

住宅情報誌。ここにはただ無機質な物件情報が帯状に並べられています。ひとつひとつは広告というよりも味気ないデータ形式で並べられているだけですから、強い魅力や引力を持っているわけではありません。

ところが、ひとつひとつは味気なくても、それらがある秩序で一定量以上にずらっと並んだ瞬間、何か大きな力が生じ始める、それがこの雑誌のマジックでした。

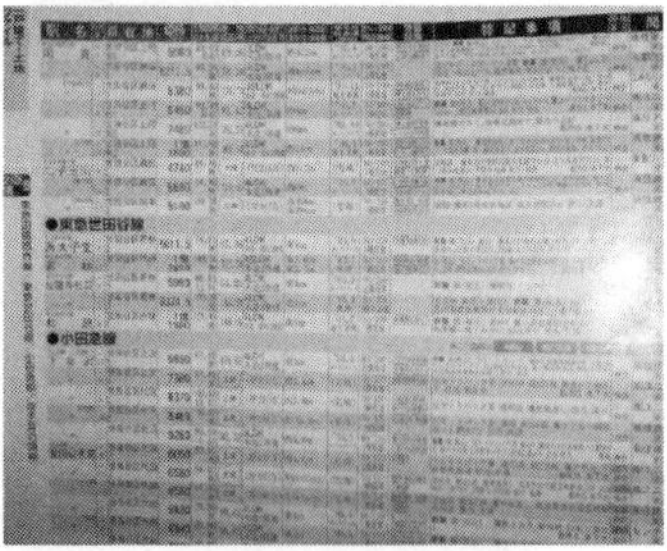
●東急世田谷線
●小田急線

ずらりと物件が並ぶ『住宅情報』の１ページ。

おそらくそれは「相場」ではないかと思いますが、ある統一されたフォーマットがたくさんのデータで埋められると、次元の異なる引力を持ち始める、という話をします。

私はかつてバブルの全盛期にこの雑誌の発行元であるリクルートという会社に勤務していたことがあります。

すべてのページが有料広告で成り立っているこの『住宅情報』という雑誌はリクルートのドル箱情報誌でした。

この雑誌のCMには「比べて選べる」というキャッチコピーが使われていましたが、この「比べて選ぶ」という行為は、当時それまでのチラシ広告ではなし得ない大きな利点を持っていました。

つまり住宅が個別取引されていた時代というのは、地場に心ない不動産屋が数多くいて、相場よりも不当に高い価格で物件を売りつけた、なんてトラブルが多発していた時代です。

ところがあらゆる物件が「沿線」「間取り」「築年数」「価格」といった項目で統一されずらりと並んだおかげで、そこにおのずと相場が形成され、不当に高い物件は自然排除されていったそうです。自由競争という合理的な方法によって悪徳不動産屋が消滅したわけです。

「沿線」「間取り」「築年数」「価格」という項目は、しかしその物件の魅力をすべて語っているか、というと必ずしもそうではありません。バブルが終わった今にして思うと、住宅情報誌のフォーマットは数値情報を優先したあまり、人間的な情報——たとえば環境とか景観、美観、雰囲気など——を欠いていたのかもしれません。しかし業者には扱いやすく都合がいい数値情報は、あたかもゲームのように市場を飛び交うことになり、いつしか不動産は投機物件としての色合いを強め、やがては不動産バブルの時代へと突入していったのです。

そして、ゲームのあとに残ったのは、文字通り「勝者」と「敗者」でした。

現実がゲームを模倣してしまった瞬間でした。

この現象を作り出した〝フォーマット〟というのはあくまで枠組みですから、それそのものが情報性を持っているわけではありません。しかしあたかも「神の見えざる手」のように参加者の行動に影響を及ぼすものです。そこに参加する者が多くなってくると、その影響は社会現象にもなり得る力を持つことがあるようです。

リクルートという企業は、出版社というよりもいまのオークションサイトに近い、いわば場の提供者でした。編集者の役割を営業マンが、作家の役割を街中の不動産屋さんが果たす構造だったのです。

この構造は、毎号毎号原稿料を払って作家に執筆してもらうのではなく、広告料を徴収して原稿をもらってくるわけですからおどろくほど収益性が高いのです。

株には東京証券取引所がありますが、不動産の相場にはそれに該当するものがありませんでした。しかし、いつしかこの『住宅情報』などの雑誌メディアがその役割を担うようになり、誌面上で相場が形成されるようになりました。不動産の価値は、この雑誌が設定した項目の数値がで決まる、という概念がおのずと出来上がっていったのです。

つまり、この雑誌は東証のような「場」なのでした。市況に応じて情報がそこにぐるぐると流転する仕組みです。若き私は当時、これは雑誌という名を装ったひとつの発明品だと思いました。コンテンツではなく、まさにポータルでした。

胴元ビジネス

シーズンになると受験生たちがいっせいに集うのが模擬試験会場。

ここで受験生たちは「合格確率」という指標をもらいます。

受験生は正確な偏差値を知りたいからなるべく大手予備校の模擬試験を選ぶようになります。受験生が多ければ多いほど正確な数値を得ることができるから。

ですが、予備校が提供する「偏差値」とは、実はそもそも受験生たち自身が持っている情報で、予備校があらかじめそれを持っていて分け与えているわけではない。ただそれらを収集して集計する、その「場」を提供しているのが模擬試験ビジネスです。

これは楽でいい、そう思ってしまうわけです。

著名な作家の先生に高い原稿料を払う必要もなく、何回でも同じことを繰り返すことができるという点で、『住宅情報』と似ているではありませんか。一つの書式の上にデータが集まるとその場が大きな引力を持つ、という事例のように思えます。

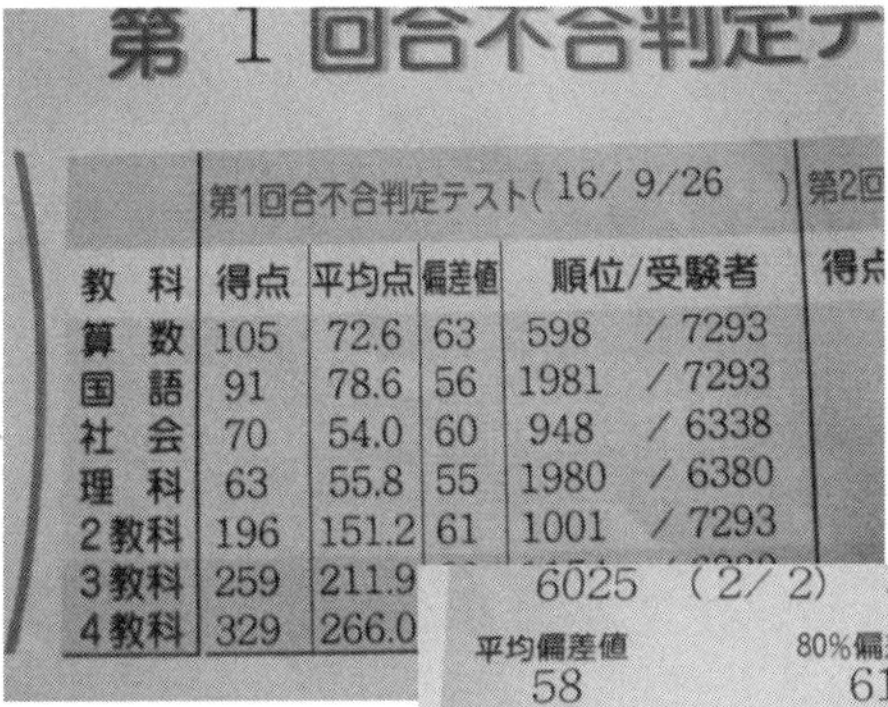

第 1 回合不合判定テ

教科	第1回合不合判定テスト(16/ 9/26)				第2回
	得点	平均点	偏差値	順位/受験者	得点
算数	105	72.6	63	598 / 7293	
国語	91	78.6	56	1981 / 7293	
社会	70	54.0	60	948 / 6338	
理科	63	55.8	55	1980 / 6380	
2教科	196	151.2	61	1001 / 7293	
3教科	259	211.9			
4教科	329	266.0			

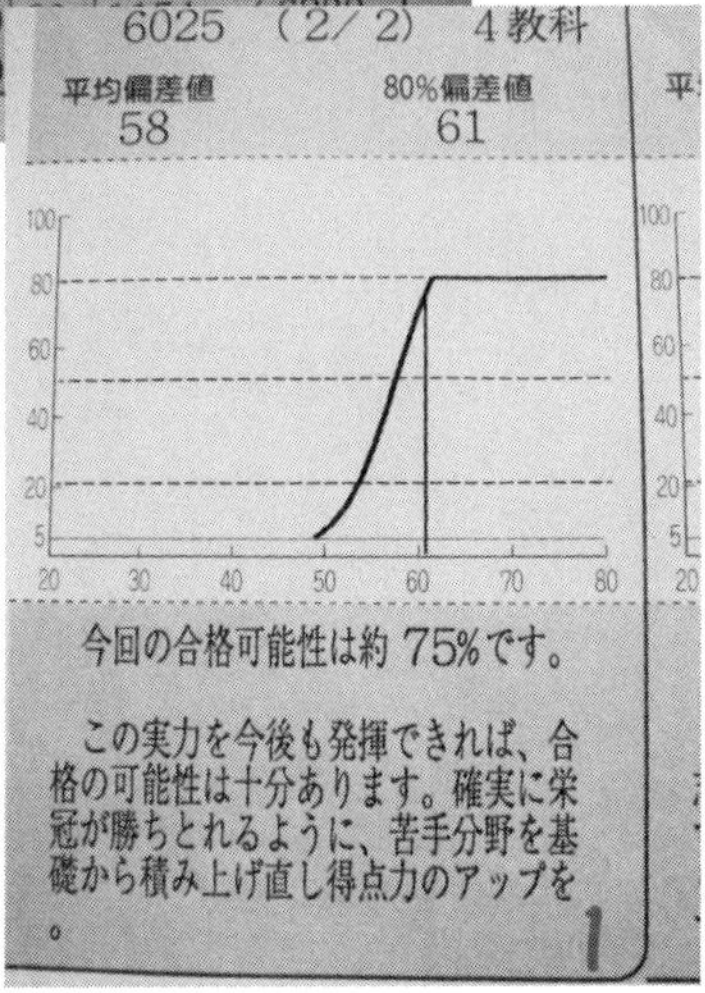

6025 （2/ 2） 4 教科

平均偏差値 58　80%偏差値 61

今回の合格可能性は約 75%です。

この実力を今後も発揮できれば、合格の可能性は十分あります。確実に栄冠が勝ちとれるように、苦手分野を基礎から積み上げ直し得点力のアップを。

受験生が志望校を決める大きな手がかりとなる〝偏差値〟。ここに記載されている貴重な情報は、予備校ではなく受験生自身が作ったものである。

お金で買えるもの、情報でしか買えないもの

かつて様々なコンテンツ配信が試みられてきたインターネットですが、結局元気よく残っているのは、「場であること」に徹したサイトばかりのように思います。

「オークション」
「掲示板」
「出会い系」
「検索ポータル」

どれもコンテンツを作っているのは利用者自身であることが共通点です。提供されているのはフォーマットのみ。

〝場〟の寿命

このフォーマットに準拠したとき、情報はまるで株券のように高スピードで取引きされるようになります。このさまを見ていていつも思うこと、それは「情報を決してお金で買ってはならない」ということです。

デジタル情報産業に関わっていて感じるのは、情報とお金の相性の悪さです。重さも形もない情報を物質的な価値と交換するには、コンテンツの制作と同じくらい大変な手間とコストがかかるわけですが、これを言いかえると、情報と物質は、音と光のようにぜったいに干渉しあわない、そんな関係ではないか、とさえ思えてくる。

極論すれば情報提供の対価は情報でしかあり得ないのではないか、とすら思えます。今、情報コンテンツを売ろうとすると、情報としてではなく「書籍代」とか「CD代」、あるいは「入場料」などといった既存の物質的名称に置き換えて販売されます。情報そのものに課金するには、性善説に立たないとできない。その価値の評価も人によって違いすぎる。

ネット社会になって、情報が物質から切り離されたとき、あらためて「人間は情報単体にお金を払うべきなのか」が問われているわけです。

この原因をつきつめると〝情報〟と〝お金〟の相性の悪さに行きつくわけです。

実は、コミュニケーションというのは、本来、受け手と送り手が明確に分かれていない。

誰かの話を聞く、ということは、その人と話をすることと何も変わりません。一方的に話だけを聞くというのはあまり日常的な形式ではありませんから。つまりインタラクティブというのは、読み手や利用者がいつの間にか情報提供者になっていることを意味しているわけで、それを自然な形で実現しているのが前述の〝場〟ではないかなと思います。

とある気功の先生に言わせると、よいセックスというのは気の交歓だそうです。「する側」と「される側」がないから回転運動のように関係が長続きする。

指圧やマッサージのように「する側」と「される側」があると、負荷が一方にかかるのでその対価が必要となり、いずれ終わりがくる。

情報をお金で売ろうとせずに、情報を置いていってもらう、お金はテレビ放送のようにまったく別の仕組みで発生させる、それが継続可能な情報サービスの姿のようです。むしろ重要なことは参加者のやり取りの方法を示したものという点で、そこに用意されたフォーマットではないか、と。

ゲーム

ここで少し、私の本業であるゲーム作りの話をします。

ゲームというのは、ルールがすべて合意されていることが前提で成り立つものです。ルールという枠組みが共有されているときはじめて、この枠組みに則って参加者はあれこれと行動を始めるのです。

トランプやマージャンは全国的にもっともポピュラーなゲームです。次にどんなカードや牌が巡ってくるかハラハラドキドキしながらゲームは進みますが、プレイヤーは存在するカードや牌をすべて知っているのが現実との違いです。マージャンのある局面で役満をテンパイした人がつもったら必要な牌の代わりに「ドラえもん」が出てきた、としましょう。その彼がドラえもんが大好きな人であっても大声で怒鳴り出すに違いありません。「誰だ、こんな牌を入れたのは⁉」と。すべてのカードや牌は事前に合意されていることがゲームの前提条件だからです。

企画者の意思表現

よいゲームというのは、ルールに沿ってさえいればプレイヤーは自由に行き来できるものです。そこに「やらされ感」はない。ルールはいつしか水や空気のように意識されなくなります。

しかし一方で、プレイヤーが自由であると、逆に企画者の意思は不在になってくるように見えます。ゲームの企画者の意思やメッセージはどこに表現されているのでしょうか。

それは、実は、「枠組み」そのものに込められているのです。枠組みに則ってプレイが進めば、プレイヤーの行動は知らず知らずのうちにクリエーターの思惑通りに進んでいくのです。

現実的な話をしましょう。

税制が変化すると人や企業の行動は変化します。「これから三年間は、パソコンを買った支出は全額損金として認めます」などという通達があると、税金が安くなるので企業はその間にパソコンを積極的に買うようになります。行動はより得な方向に向かうのです。

企業も人も、自由に営んでいるように見えますが、実は「全国的にＩＴ化を促進しましょう」という国からのメッセージに沿っての行動だったりするのです。ゲームを通じてのメッセージの送り方は、この「見えざる手」によるメッセージと同じです。

スコアによる誘導

どんなゲームにもスコアがあります。人はより高いスコアへ向かってあの手この手とチャレンジしていきます。自由気ままにプレイしながら、いつしか自分の言葉で進むべき方向を語り始める、それがゲーム表現です。受験の丸暗記のように強引なやり方ではなく、納得して自分の言葉で語るようになる、このスマートさ故に私はシミュレーションという分野に惹かれています。そして、ゲームのクリエーターがそこで制定する「スコア」。これこそが、参加者を動かす力の源泉となります。むろん、この設定が参加者に受け入れられないと、ゲームというのは参加すらしてもらえません。ですからスコア選びからクリエーターの意思表示の第一歩は始められるのです。

『シムシティー』の場合

『シムシティー』というゲームはシミュレーションのお手本ともいうべき名作です。自分の好きなように街をデザインして、どれだけ人口が増えるかを試すゲームです。プレイヤーの収入源は税金となります。なにもない土地のどこに工業地帯を作るか、どこを住宅地にするかはプレイヤー次第です。お金がほしい人は工業地帯をどんどんと増やします。すると、地域によっては住環境が悪化し、人口は減っていくところが出てきます。悪化した住環境を改善するには……？

その答えは「公園を作ってやる」ことです。直接的に利益にはつながりませんが、公園があることによってその地域はすこしずつうるおいはじめます。人口が増えればやがてその資金は取り戻せます。

このゲームのプレイヤーたちはやがて口々にこう言いはじめます。「環境が悪くなったら公園を作ればいいのさ」と。

この言葉こそウィル・ライト（『シムシティー』の作者）からのメッセージなのです。ゲームのクリエーターによるメッセージというのは、実は画面内から発せられるものではありません。プレイヤーが自分の口から発するべきものです。

主役は常にプレイヤーであり、すべての選択はプレイヤーによるものでなければならない……。これこそが、映画との最大の違いであり、かつ〝ゲーム的〟であることの本質です。

情報と広告の関係

〝情報〟と〝お金〟の相性を考える上で避けて通れないのが「広告」です。その話をします。

メディアの果たすべき使命は何か？　ユーザーが欲している情報を検索してみせてやることが本当の使命なのか？

そんなテーマで仕事をしていたことがありました。

ニューメディアブームに沸く時代に、雑誌を軸としたリクルート社のビジネスのデジタル化を模索していた頃です。

その一環として当時活況を呈していた不動産屋の店先を見学しにいったことがあります。

不動産でいえば、物件を探して不動産屋を訪れるお客に「沿線」「間取り」「価格帯」「築年数」といった諸条件を逐次聞きながら、それに適合した物件を探すところから仕事が始まります。

この様子を観察していてわかったことのひとつに、お客が口にする条件というのは、どれも現実離れしている、ということが挙げられるでしょう。

「東急線沿線、できれば渋谷から祐天寺までで、できれば駅から徒歩五〜六分以内がいいな。間取りはもちろん大きいほうがいいのですが、せめて2DKは欲しいです。価格は三〇〇〇万円台半ば（※当時の価格帯）で……」

「そんな条件の物件があったら自分で買ってるわい!!」

不動産屋がそう叫びたくなるような条件を最初は言ってくる。

正直に検索していたら「そんな好条件の物件はうちにはありません」というしかないわけです。

不動産屋は、しかしながら、「ちょっと価格帯は高いですけど……」、そう言って物件をあれこれ見せ、客もそうこうしているうちに、「じゃ、参考までにこの物件を見せてもらいましょうか」となる。

何回かそれを繰り返しているうちに、「お父さん、この物件くらいがいいんじゃない!?　すこしがんばればローンも返せそうだし、これにしない？」なんて話になってくる。

最終的にお客の決断は当初の希望より一〇〇〇万円ほど高い物件に落ち着くそうです。

『住宅情報』などの雑誌媒体は、このプロセスをページという紙メディアならではの特徴で実現していたと言えます。

つまり読者は目的の物件を見つけ出すまでの間あれこれとページをひっくり返し、

「ここらはこんなに高いんだ……」

とか、

「この規模のマンションはこの沿線ではなかなか見つからないな」

などとぼやきつつ、あちこち寄り道しながら相場と対話し、自分の基準を現実と照らし合わせながら変更・修正していくわけです。不動産屋に言わせれば、このプロセスがとても大切だそうです。客が相場を学習する最高のプロセスだからです。

ところが、このプロセスがごっそりと抜け落ちたままデータベース検索させても、

「希望条件に該当する物件はありません」

とだけ画面に表示されることになります。

これではユーザーに不親切であるだけでなく商売が成立しない、それがデジタル化の問題でした。

予期せぬ発見

テレビCMも電車の吊り広告も、あるいは他のいかなる広告媒体であっても、その本来の目的は「買うつもりのない層に商品の存在を知らせ購入動機を作る」ことにあると言います。

つまり、消費者が当初対象外と考えていたものを見せることが広告の本来の目的と言えます。

「Macintoshにしか興味のない人にWindowsマシンの良さを見せ」たり、「洋酒しか飲むつもりのない人においしい日本酒の存在を訴え」たりすることに広告費は注ぎ込まれるわけです。だから広告される側にとってみれば、本来の目的や興味のないものを予期せず告知されることが「広告」ということになります。広告があまり好かれない理由、そのために人気タレントが起用される理由もここにあるのではないでしょうか。

消費者が当初念頭においているものとは異なる価値と出会わせること、つまり「予期せぬ発見」が広告本来の目的ということになります。その出会いをどれだけ作っていけるかが広告効果となります。

通勤中の地下鉄列車内で、「聞きたくもない広告放送を流した」として、乗客の弁護士が鉄道会社を訴える、という出来事がかつて日本でありました。判決はともかく、求めていないものを提示されると人間はときとして不快になるのも事実です。

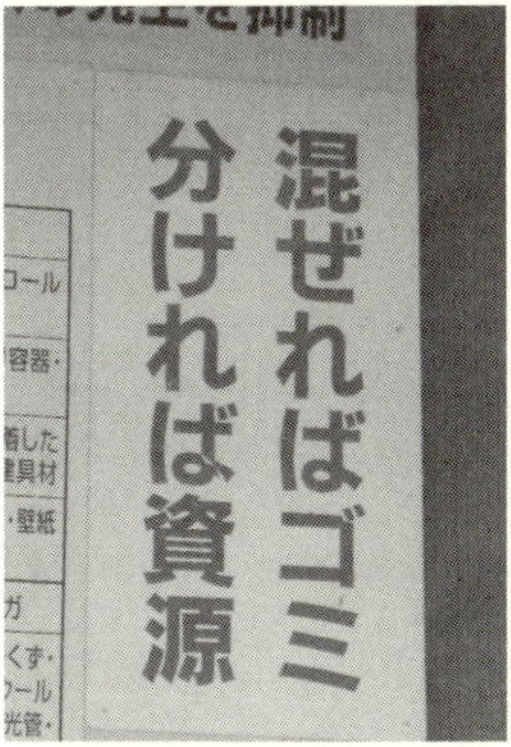

ビル建設現場の掲示。同じ形状のものが集まると価値が高まるのは、分野を問わずどこでも共通の普遍的な法則のようだ。

広告を「発見」として人が受け入れてくれる場合と、「まったく求めていないモノ」として排除しようとする場合の違い、それは何なのでしょうか？

それは、それぞれの場が持つフォーマットに準じているか否かではないかと思うのです。住宅情報の例のように、同じフォーマットに準拠した物件はあたかもゲームの手札の様相を帯びてきます。人は知らず知らずのうちにそれらのカードを比較し、品定めをし、いつしかやり取りを始める。フォーマットに則していると広告は情報となり始め、逆にフォーマットに則していないものは不純物に見えてしまう……。

東京証券取引所もオークションサイトも、ディズニーランドも、モーターショーも、その他の強い引力を持つ場はすべて、それぞれ独自なフォーマットを持っています。人の思考に入りやすい形で商品を並べ、人はいつしかやり取りを開始する……。見えざる手で人を誘導しているその場は、私にとってまさに〝ゲーム空間〟のような気がしてならないのです。

chapter
7

正論の範囲

●当ビルの通路の通りぬけを禁止します。
●当ビルに関係の無い方を発見次第 罰金5千円申し受けます。
●尚、自転車及び台車もしくは喫煙を発見次第 罰金1万円申し受けます。

通り抜けるだけで5000円の罰金が科せられるビル。こういう看板を見て、ついついびびってしまう私たちは、つくづく「罰」という言葉に弱い民族だなぁ、と思ってしまう。警告とか罰則とかいう言葉には不条理なルールにまで従わせてしまう不思議な魔力があるのだ。そうやって黙りこませてしまうものの中に、もしかしたら日本社会がいまだに持ち続けている奇妙な風土の本質があるかもしれない、と思うのは私だけだろうか？

うしろめたさの代償

電車でキセル乗車をすると、罰金（正確には違約金、ですかね）が科せられます。この決めごとがどこで交わされたのかは知りませんが、これは社会の常識です。

「何年間にもわたりキセル通勤をしていたサラリーマン乗客が、数百万という違約金を科せられた」というニュースが報道されたことがあります。

そのニュースは、「とんでもない違反なのだから鉄道会社にペナルティーを払うのは当然」といったニュアンスのものでした。

しかし、私たちは何かで違反をしてしまったとき、どこまでを違約金として受け入れなければならないのでしょうか。

私有地などに、「無断駐車は罰金一〇万円を申し受けます」なんて掲げてあるのを目にします。

前ページの写真は北海道のものですが、都内だと一〇万円なんてのもざらです。

うっかり、あるいはわかっていながら、駐車した人は、無条件でこの違約金を払う義務があるのでしょうか？　看板が見えればびびって無断駐車をしなくなる効果はあるようですが、看板が草で隠れていることもありますし。

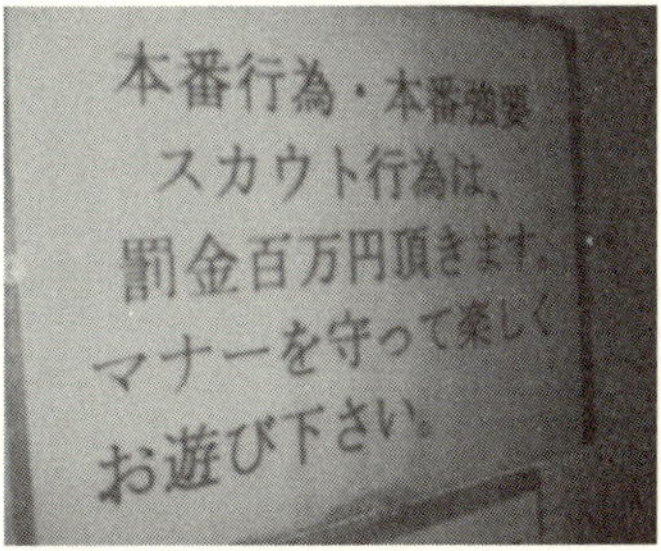

過激な例としては、上の写真のような、風俗店の「違反したら罰金一〇〇万円」なんてものもあります。酔って盛り上がってしまった学生は本当にこの罰金を払わされているのでしょうか？

一方的に告知があったからといって、同意したことにはならない、それが社会通念というものです。

それがすべて認められるならば、自宅のドアに「朝刊の配達忘れ、罰金三〇万円」と書いておけば、結構な収入が見込めることになります。さらには、「携帯電話代の間違い請求、罰金一〇〇万円」(携帯キャリア向け)、「許可なく呼び鈴を押したら罰金三〇〇万円」(勧誘向け)なんて告知をする人も登場してくるでしょう。では鉄道のキセルはどうなんでしょう? 数百万、という違約金は、果たして正当な違約金なのでしょうか?

航空会社のダブルブッキング・ミスで飛行機に乗れなかったら?

シングルの客室に二人泊まったら?

居眠りによる電車の降り損ねは?

映画館の二度観は?

そうやって考えていくと、違約金の根拠とは何だ!? という疑問に行き着くわけです。

うしろめたさのなせる業

キセル乗車をやってはいけないというのは常識として知っています。しかし、違約金額の算出式になると、ほとんど知らない。

違約と言うからには、それに先立つ契約というものがあるのでしょうが、それを知らされてない。

インストール時に嫌というほど「同意します」ボタンをクリックさせられるソフトウェアの「利用規約」とは違い、乗車の場合、「乗車規約」に同意を求められた記憶がありません。

私たち一般市民は、様々なサービスを利用しています。常識的に行動する限り、それが問題になるようなことはありません。

しかし、ついうっかり何か非日常的な間違いをおかしてしまったとき、受け入れなければならない大きなペナルティーが足下に息をひそめて待ち構えているとなると、穏やかではありません。

実をいいますと、中学生の頃、東急新玉川線（現・田園都市線）に乗っていて苦い思いをしたことがあります。

学校の帰り道、私は混雑した電車から降りることができず、やむなく次の駅で下車し、引き返そうとしました。改札の前をとおって反対側のホームで電車を待っていたわけですが、しばらくすると帽子を斜めにかぶった駅員が鍵をチャラチャラ回しながら私のところにきて、不敵な笑みとともに「あのさぁ、きみぃ、定期見せて」と言ってきたわけです。しぶしぶ定期を見せるとそのまま手をつかまれて駅の事務室まで連れていかれました。

「混雑で降りられなかったんです」と釈明しても「だから、それが違反なわけ」と言われて、「罰金」を取られました。

くやしいが、その場で払うしかなかった。これもキセルか⁉　キセルの定義って、何なんだ？　と子供心に思ったわけです。

「あなたは罪人です」と言われると、人間は急に弱気になるものです。社会的な立場がある人はつい保身に回る。

どこまでが違反なのかわからないから、うしろめたさと恐怖心から、相手の言いなりになってしまうわけです。これは、ぼったくりバーの構造と同じです。

先日も報道番組で、一〇〇円パーキングを経営する若い社長が、支払い無視のドライバーを張り込みの末に捕まえて、「一〇万円払え。払えないんだったら、警察に行くぞ」と脅《わ》している光景が報道されていました。犯人は失業中の中年男性で、その場で泣いて詫びていました。ドライバーも悪質だが、ビデオの途中でどっちが悪人か微妙になってきた……。

「一〇万円って金額はどこから出てきたんだ？」という議論もあってしかるべきではないか、と思うわけです。

ひとたび間違いをおかしたらそこに付け込んでしまう、という悪魔の習癖は私たちの内側にいつでも潜んでいます。

この話をしたら、さらにその上をいく知人はこう言いました。

「俺は一〇万円払ってでも車を停めたいと思うときがある。そのときは本当に停めていいのか？　領収書は出るのか!?」と。

そのとき僕は彼をとてもアメリカンな人だと思いました。

問題のすげかえ

人間が（しっかりとした理由もないのに）うしろめたさを感じてしまうという心理的な効果を『シーマン』で応用したことがあります。

『シーマン』はそもそも音声認識という未完成な技術を使っているゲームです。目新しさのアピールもあって、試作品が出来上がった時点で発売元が話題作りを目的としたイベントを都内の大型水族館で催したことがありました。

館内に展示されたプロトタイプが動くテレビの横には、マイクとともに「話しかけてみてください」という表示があり、来館者が興味深げに画面の中の奇妙な魚に向かっていろいろと話しかけるようになっているわけです。

相手が言うであろう言葉をあらかじめ想定して入れ込んでおき、それぞれに対応するようになっていました。もし相手の音声が聞き取りにくく言葉として認識できないときには、

「え？　今なんて言った？」

「よくわからないぞ、もう一回言ってみて」

などと、認識できるまで聞きなおすように作られていたのです。

本来、この反応はユーザーにどういう状態かを知らせる、という意味でソフトウェアのメッセージとしては正しいもののはずでした。

ところが実際は、このセオリーがあだとなってしまったのです。

というのも来館者が語ってくる言葉というのは好き勝手放題で、こちらが想定していたものとはまったく違うものばかりだったため、ほとんどが認識できない言葉となってしまったのです。かわいそうなシーマンは、

「え？　今なんて言った？　もう一回言ってみて」

「うーん、もう一回言ってみてくれ」

などと繰り返すばかり。

そんなシーマンが来館者にとっておもしろいはずがありません。多くの人が不満そうに、

「こいつバカじゃん！」

と言って、機械を蹴飛ばさんばかりに怒って立ち去ってしまったのです。

そういう光景をずっと観察していた私は、かなり落ち込みました。

池袋から山手線に乗っている間、どうしたらこの状況を解決できるか、あらゆる手立てを考えました。

認識できる言葉を増やすと認識率は下がる一方です。できることといえば、ユーザーにもっとわかりやすい言葉で話しかけてもらえるように働きかけることぐらいしかありません。

ですが、『シーマン』はゲームですからビジネスソフトのように説明をあれこれ入れてしまったらユーザーは完全に興ざめしてしまいます。残された時間はごくわずか……。

原宿駅で降りるまでのわずかな時間で決断したこと、それは、今にして思うとギャンブルに近いことでしたが、次のようなものでした。

音声が認識できない理由をユーザーに責任転嫁してしまおう、と。

つまり、認識できない言葉が続くとシーマンは怒った口調で、

「おまえの言葉、何回聞いてもわかんねぇよ！　つまんないから帰るわ。バイバイ」

と不愉快そうに言い放ち、水槽の奥の方に去ってしまう……。

認識できない原因が一方的にユーザーのせいであるとしてしまうわけです。

脅しにも似たこのとんでもないアイデアを入れた結果、ユーザーの反応はそれまでとはがらっと変わりました。

「……ごめんね、シーマン」

「おーい、お話ししようよ」

「ねぇねぇ、シーマンてば」

「こっちおいでよ」

まるで赤子をあやすように、人はなるべくわかりやすい言葉をゆっくりと話すようになったのです。

こういうわかりやすい言葉はすべて認識できるようにしてありましたから、そうこうするうちに「……わかりゃいいんだよ。俺だって好きでおまえに飼われているんじゃないんだからな、しっかり話してくれよ……」、そう愚痴を言いながらしぶしぶとシーマンは戻ってくる……。

この反応の変化にスタッフは驚いたものです。何せ技術的にはまったく変わっていないのですから……。

このアイデアが功を奏したおかげで、世界初の音声認識会話ソフト『シーマン』は、認識率が低いというレッテルを貼られずに済んだのです。その代わりに「気難しいペット」あるいは「口の悪いペット」というレッテルを貼られることにはなりましたが……。

後日、ＩＢＭの音声認識のマーケティング担当チームが米国本社から来日した際に、弊社を見学で訪れたことがあります。

彼らからの質問は、

「どうやって認識率を高めているのか？」

「ユーザーの癖をプログラムに学習させているのか？」

「学習処理の負荷はゲームに影響しないのか？」

といったものでした。

実際のところハードウェアが家庭用ゲーム機ですからそんな余裕があるわけもなく、

「プログラムは何も学習処理はしていません」と答えました。

先方が腑《ふ》に落ちないようなので、

「学習しているのは実はユーザーの方です。人間の頭のほうがゲーム機よりも何万倍も優秀なので……」と付け加えると、エンジニアの皆さんは「なんだ、そりゃ？」といった表情できょとんとしていました。

人間の心理というのは不思議なものです。

せっかちなビジネスマンが、なぜか「当店のラーメンは調理に時間がかかります。お急ぎの方は他店へどうぞ」

と書かれた頑固職人の店を好んだりします。

人間というのはもともとマゾの気質がある生物なのでしょうか？　より強いオーラを放つ相手には従ってしまう本能があるように思えてならないのです。

一一〇番の電話代は誰が負担しているか？

はたして、公衆電話の緊急連絡用のボタンは、誰が費用を負担しているのでしょうか（その取り付け費用は膨大だったに違いない）？　あるいは一一〇番の電話代は誰が払っているのでしょう？　民間企業のＮＴＴ？　それとも、警察消防？

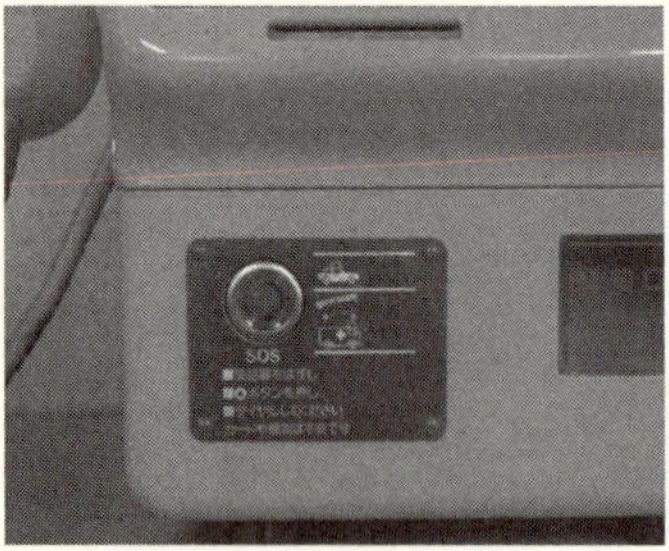

　そんな疑問を抱いて、かつて調べたことがありました。その答えは、ＮＴＴが民営化する以前、「逓信《ていしん》法《ほう》」という名の、昔むかしに制定された法律によって定められていたのでした。そのほとんどすべてが企業負担だそうです。ＮＴＴが分割民営化した今もそれは続いているのだそうです。

　インターネットが電話のようにインフラ化した今、ある日、民間のプロバイダーに警察や公安の人がやってきて

「御社には、犯罪時に備えて緊急連絡用のサーバーを開設していただかなくてはなりません。その費用は御社に負担していただきます」と言われたらどうすればいいのだろうか？

そんなことを考えていたある日、新聞を読んでいたら似たようなことが起きはじめていました。そのとき私が目にしたのは右の写真です。

プロバイダー

電子メール保存義務化

犯罪捜査で法務省方針 最長で90日間

社会の脅威になりつつあるインターネット犯罪に対応するため、法務省は、犯罪に関係する疑いのある電子メールなどの電子データをより確実に差し押さえるための捜査手続きを新設する方針を固めた。インターネットサービスを提供するプロバイダー（接続業者）側に、加入者の電子メールなどを一定期間保存する義務を課し、必要な時に捜査機関にコピーを提出させる仕組みだ。処罰の対象も広げ、コンピューターウイルスの作成罪を新たに設けて、最長で3年の懲役を科す。（3面に解説）

こういったコストは最終的にユーザーが負担することになるわけですが、この記事を読みながら思いました。私たちは色々な名目で税金を二度三度と払わされているのだな、と……。

北風と太陽

世の中で禁煙の場所が増えてきました。そのため、街のいたるところから「灰皿」が姿を消しつつあります。

「もしあなたが、誰かのタバコの火を消させたいのなら？」という話をします。

左の写真は、大型レストラン街のトイレ（大）のものです。灰皿が撤去されたせいか、タバコをここに置いたまま用を足す人が多いのでしょう。焦げ、があちこちにあります……。

防災の視点からすると、かなり危ない。

灰皿が置かれる理由は、二種類あります。

ひとつは、「タバコを吸っていいですよ」という場所。

そしてもうひとつは、「（ここから先は）タバコを消してください」という場所。

たとえばデパートの入り口などは、後者です。

禁煙になった場所からは灰皿を撤去する、というのは、かなり正しい施策に思えます。しかしこの焦げの多さを見て、必ずしもそうとはかぎらないような気がするわけです。

私の携わっているソフトウェア業界はちょっと変わっていて、「人はマニュアルを読まないもの」「間違いをおかすもの」という前提で設計が進められるようになってきています。

わかりやすい例で言うと、みなさんご存じのＷｉｎｄｏｗｓの「キャンセル」というボタンがそれにあたります。

このボタンがダイアログに必ずつけられるようになったのは、一九九〇年初頭からでしょうか？　比較的、最近のことです。

その考え方でいくと、間違えて人がタバコに火をつけてしまいそうな場所には、「それまでの慣習で、トイレに入るとタバコに火をつけてしまう人がいるに違いない」

ということを前提として、灰皿を置く設計を進めることになります。でないと、とんでもなく大きな災害が起きてしまうから。

「そんなこと言ったって、公共の施設でタバコを吸うこと自体がまちがっている!!」

そう思う人も多いのではないでしょうか。

敵に回すか、味方につけるか?

国の税収が少ない、と最近言われています。

どうやったら税収が増えるか、と様々な有識者がテレビ番組で討論をしています。税務署を増やしてパワープレイするのも手かもしれません。でも、もしゲームクリエーターが相談されたらきっとこう答えるでしょう。

「納税のメリットをゲームのように明示したらいい」と。

納税のメリットというのは、道路やら空港やら、そういうバカでかいものの充実をひたすら訴えることではありません。自分との因果関係を明示することです。

たとえば、額に応じてマイレージポイントが貯まるようにする、といったことです。

まさにゲーム感覚です。

納税者は受け取ったマイレージを使ってより多くの行政サービスを行使し、よりよいサービスを受けたければ来年もっと納税しようと思う。納税額が少ない人は民間サービスに有料で依頼すればいいし、その品質の良し悪しは各個人が判断する。

「近隣パトロールを強化したければ地域住人がマイレージを出し合って警察に依頼する」などといったように、因果関係がはっきりとすれば、たとえどんな人でもおのずと参加してくるものです。

モチベーションというのはモーターと同じ語源で「人を動かす力」という意味を持っています。イソップの「北風と太陽」という逸話ではありませんが、人を動かすのは強制力だけではありません。むしろその意義を理解できれば、人間はどんどんと自分から動く生き物であることをこの話は表していると思うのです。

真に人を動かすために必要なのは「力」ではなく「情報」だと思うのです。

わかりにくさの責任

　どうみても事故を誘発するだろうと思われる箇所が首都高にはあって、事故が絶えません。たとえば、浜崎橋ジャンクション。ここはカーブを描いたところで首都高一号線と一一号台場線、そして中央環状線が合流する構造になっています。言わば信号のない交差点のようなものです。

この標識は、事故を防ぐためのものだろうか？　それとも起こすためのもの？

　にもかかわらず、接触事故が発生したら、すべてはドライバーの「不注意運転」とされます。この国は本気で事故を減らそうと思っているのだろうか？　事前知識がないと安全に走れない首都高は難攻不落のアドベンチャーゲームに似ています。

　話は変わって、次ページの写真は、九段

高校の近くにある一般道路の標識。深夜一二時過ぎに走っていたら、この標識に出くわしました。「0」と「12」と「13」と「24」が混在するこの標識は、プログラムでいうところの「複雑な条件分岐文」です。

ドライバーであるあなたが、この交差点で直進を決断するのに何秒くらいかかりますか？

私の場合は、不慣れさからか、一二～一三秒ほどかかりました。

そして自分なりに判断を下し、直進しました。そして道の出口にある交番で止められました。一方通行違反です。

人間は間違える生き物ですから、わかりにくい道路標識は危険物です。

わかりにくさ、というのは数値化することができません。「小さく書いてある」とか「複雑にわかりにくく書いてある」ことは、ゲームソフトの世界では致命的な評価となって返ってきますが、道路についてはいまだに利用者の責任としてまかりとおっているわけです。

移動中のドライバーは、ものごとを「瞬時に」判断しなければなりません。過剰に複雑だったり、必要な注意を促していないような場所がいくつもありますが、そこで誘発される事故のすべてを「ドライバーの不注意」と言っていては、いつまでたっても事故は減らないのではないか？　と思うのです。

もうひとつのペナルティー

日本と同様、アメリカでも違法駐車をしていると、ワイパーに駐禁チケットがはさまれます。ところが、日本とアメリカだと、同じ駐禁チケットでも個人が負担する煩わしさに大きな違いがあるのをご存じですか？

日本では、「仕事を抜けて銀行に行き、現金を下ろして警察に出頭する。そして窓口で自らの手で罰金を現金で払い、カギをはずしてもらう」という結構な手間が必要です。これは半日会社を休まなければできない。

写真のカリフォルニアの駐禁チケットはどうか、というと、「VISAとマスターで支払えます」と書かれています。クレジットカードで罰金を払えるということは、係官の処理を軽減できる以上に、違反者の「出頭」という目に見えないペナルティーを軽減することを意味します。この二者の間には、「罰金は出頭して払わなければならない」というモラル的な背景の違いが根強くあるように思います。

技術を利用することで躊躇《ちゅうちょ》せず合理化する、という考え方は、自動皿洗い機、生ごみを砕くキッチンの流し、冷蔵庫の砕氷機から庭のスプリンクラーにいたるまで、アメリカの生活の中のあらゆるところに徹底されているようにも見えます。

日本では、やっぱり「食器は手で洗わなければ不謹慎」みたいな価値観があるようですが、より便利にしてあげることでペナルティーをすみやかに遂行させるほうが私はスマートだと思うのです。

日本最大の興行成績映画館

免許の更新をしたときの話です。毎度のことながら、交通違反がたたって、講習を受けることになりました。

皆さん、ご存じでしたか？　違反があった更新者は追加の受講料がしっかりと徴収されているのを……。私の行った幕張の試験場では一七〇〇円がしっかりと明細に上乗せされておりました。

違反のない人は、受講の必要も、受講料の支払いも必要なく、手続きだけで帰ることができるのですが、違反履歴がすこしでもあったドライバーは、みっちりと「事故の怖さ」を訴える映画を強制鑑賞させられることになります。

受講料として徴収された一七〇〇円は、この教習映画の製作に使われているのでしょうか？　さしてお金がかかっているとは思えないこの教習映画は、何十万人の観客を動員している計算になるのだろうか？　と考えて、ざっと計算したところ『ハリー・ポッター』の比ではないように推測されます。

「二度寝」という言葉がありますが、この教習映画は、罰金の「二度払い」という気がしなくもない。違反者には罰を、というのはわからなくもありませんが、「じゃあ、罰金はどこに使われているんだ？」と、思ってしまう自分は不埒《ふらち》でしょうか？「罪をおかしたんだから文句を言うな！」と怒られそうですが、「二度いじめするな」とも言いたい。

行政のサービスというのは競争がない故に、選択の余地がない。それ故、不満の種を蒔《ま》いているように思えます。二一世紀の中頃に、ひとりひとりが自分で国を選ぶ時代になっているとしたら、豊かな国であり続けるために国が魅力的なサービスプロバイダーになることを意識するべきではなかろうか、と思った次第です。

選択の権利・選択の義務

駐禁チケットの話は前述しましたが、それに伴うレッカー移動というのもよくよく考えてみると不可思議なところがあります。

レッカー移動されると、所轄の警察に出頭することになります。反則金は後日現金振込ですが、レッカー代は出頭したその場で支払わなければなりません。そのぶん、レッカー代の支払いはクレジットカードにも対応しています。その支払い先は交通安全協会という団体になっています。

この交通安全協会という団体は、警察と区別がつきませんが、警察署の一角を間借りしている別団体で、駐禁の処理は実質ここの人がとり行っています。警察の人も一瞬顔をのぞかせますが、〝一瞬〟です。

ある日、アップルストア銀座の前から有楽町駅裏駐車場までレッカー移動されたのですが、その代金は一万四〇〇〇円でした。

「反則金は領収書が発行されませんが、レッカー代金は領収書が発行されます。業務代行ですから」と言われました。

一万四〇〇〇円というのは、かなり高額です。なぜ、こんなに高いのだ？　業者の人にしつこく聞いてみると教えてくれました。五二〇〇円が手数料として彼らの団体に入り、その残りがレッカー業者に払われるそうです。団体職員の人件費とか光熱費とか家賃とかがかかるからだそうですが（ということは警察署は第三者に間貸しをしているということでしょうか？）、窓口業務にしては高めのマージンです。

さて、領収書がもらえるということは、自由業の私にとっては、経費で落ちる、ということを意味しています。

「これはありがたい」――そう言いたいのですが、しかし、待て。一万四〇〇〇円はずいぶん高い。業者への発注といえば、「あいみつ」をとるのが常識です。「もっと安いところはなかったのか？」と警察に聞きたい。そのときはじめて「自分で選択した」と納得できるに違いありません。

もしあいみつをとってくれているのであれば、仮に警察署の隣で「五〇〇〇円でレッカー移動します。二四時間営業　斎藤レッカーサービス」と看板を出して、レッカー事業をはじめたら、確実にうちを使ってくれることになるでしょう。だとしたら一日五〇台しょっぴくとして、七五〇万円／月の売上げ。宣伝も仕入れもないこの商売は繁盛しているレストランよりもずっとおいしい。いや、待て。まだその間にいろいろと警察に返さなければならない手数料があって実際はそうはもうからない仕組みなのか……？

ちなみに、会社の出口をふさぐ迷惑駐車に頭にきて、一一〇番しても、ついにレッカー移動はしてくれませんでした。レッカー業者は警察が発注しないと受けてくれないし、つまるところこのビジネスは警察による許認可ビジネスなわけです。では、なぜ警察がレッカーの指示を出してくれなかったのか？　理由はいまだに謎のままですが、たぶん一台ぽっきりひっぱってもうまみがないからではないかな、と思っています。

おまけ 「ダニ」のいる物件

街の路上に出ている、不動産の物件情報の立て看板。

ここには「新築」とか「眺望良好」とか、いわゆる物件の売り文句が書いてあるものです。

が、新宿を歩いていて通りかかった看板の物件に、

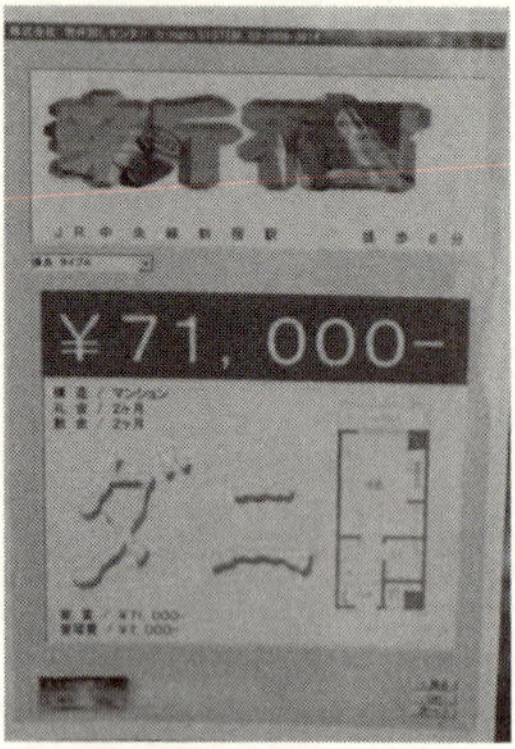

「ダニ」

と書かれているものが（しかも看板のいちばん目立つ真ん中に）あり、好奇心を抑えることができず、戻って見入ってしまいました。

ある種のジョークなのかとも思い、細かい文字までよく見ても、その真意がよくわからない。

「ダニがいるので、安いですよ」という意味なの

だろうか？

ダニ、というのは物件の一部なのだろうか？

薬で駆除できないんだっけ？

かといってとりわけ家賃が安いわけでもないし、他の物件も隅々まで見たのですが、他はみなまともな物件ばかりです。


五分ほど看板の前でしばらく眺めていたのですが、結局ぜんぜん意味がわからない。

そのうちに六〜七分が経過し、ふと気づくと、私につられたのか、後ろで三〜四名の通行人が同じようにこの看板を眺めておりました。

「これってもしや、スーパーの目玉商品みたいに、通行人の大人の足を止めるためのひっかけ物件か!?」とも思えてきたわけです。

この「ダニ」という二文字に気づいたら、たしかに、誰でも足を止めてしまうし、「何だ？」と思って看板の隅々まで目を通してしまう。そしてこの物件と並んで掲示されている物件はどれも、まともに見えてくる……。

それとも、物件情報としてはこういうことって、よくあることなのでしょうか？

いろいろな人に聞いてみたところ、

「タタミ」

の誤植ではないか、といった意見もありました。

後日、私はこの看板のある新宿に出向き、不動産屋の電話番号をメモして、実際に電話をしてみました。

「あの、新宿から徒歩八分の、『ダニ』と大きく書かれた賃貸物件についておうかがいしたいんですけど……」

「はい、なんでしょう？」

「あの、この『ダニ』と大きく書かれているのは、『部屋にダニがいる』という意味なんでしょうか？」

「はいそうですよ」

「なんで『ダニ』って、大きく書かれているんですか？」

「ダニがうようよいるからですよ」

「……駆除していない、ってことでしょうかね？」

「駆除したって、またすぐわいてくるんです。あの、この物件おわってますよ」

「おわってる、というと？　入る価値がない、ということですか？」

「いえ、もうおわってるんです」

「どういう意味の『おわってる』ですか？　もう入居した、ということですか？」

「はい、そうです」

「…………」

どことなく釈然としない会話でした。

ダニ、と大きく書かれた文字の正体は、まさしくダニそのもの、ということは判明したのですが、それをそのまま広告コピーとして出すこの不動産屋さんとの会話に、そしてそこに平然と入居者が入っているという事実に、大きな謎がのこったのであります。

解説

『ほぼ日刊イトイ新聞』の連載名通り「もってけドロボー！」と言いたくなるほど、本書の内容は、この上なく魅力的で、且《か》つ、ものをつくるときの発想のヒントとネタがいっぱい詰まっていて、ほんとにおいしい本です。私もいくつか頂戴しました。斎藤さん、ごちそうさま。特に、苦痛で退屈な行列の待ち時間を、仕組み次第で「待つ楽しさ」に変えることができたり、「待ち時間」が「持ち時間」に変わったりする仕組みの面白さは、ポケモンのイベントをプロデュースする立場として、本当に深く頷《うなず》いてしまいました。また、『シーマン』という遊びが成立する為には、対話用ＡＩプログラムや音声認識技術が高度化することよりも、ペットとしての位置づけや、生き物としての存在感を高める設定づくりの方が、遥かに重要であったという指摘は、ポケモンのソフトをプロデュースする立場として、全く同感！　でした。おかえしに私も小さなネタをひとつ。最近、世界中を旅行し、各地の空港及びホテルで、どのくらいインターネットが通じるか？　ソニーのロケーションフリーテレビは見られるか？　無線ＬＡＮの普及度は？　等を確かめてみました。結果から言うと「高緯度ほどよく通じる」と言えるほど、寒冷地の情報環境化は進んでいます。アイスランドの氷河山頂で携帯電話を取り出したら受信良好で、日本のメールサーバーにもアクセスできました。逆にいちばん通じにくいのは栃木県山間部の温泉地でした。今の地球の情報ネット環境を地図化したら、関東山間部はアイスランドより、もっと極北の地になります。これをゲーム化したら……あまりおいしいネタではないですね、失礼しました。

本書にあるように、斎藤さんは「人々に共有される枠組みをつくるという意味で、ゲーム企画の仕事は、社会の縮図を作るような」仕事をしておられます。それは、きわめてまっとうで常識的なセンスが必要ですが、同時にそれを疑い、それ自体を根底から覆す力も必要なところがあります。ゲームクリエーターの力は、発明家の力であり、社会を変革する者の力でもあるなと感じました。そして、そんな力の蓄え方の秘密が「発想術」として、いかにも平易なコトバで、サラリと語られているところが、この本の素敵なところであり、出し惜しみしない斎藤さんのすごいところだなあ、と思いました。いやきっと、これは、斎藤さんにとっては、氷山の一角ということなんでしょうね。

株式会社ポケモン　代表取締役社長　石原恒和

謝　辞

本書は、インターネットサイト『ほぼ日刊イトイ新聞』の「もってけドロボー！〜斉藤由多加の『頭のなか』。」という連載で一九九八年一一月から二〇〇五年一一月までに掲載されたものと、小学館『ＤＩＭＥ』誌の「おとなの虫眼鏡」という連載で二〇〇一年一月から一二月までの間掲載されたものを大幅に加筆修正してまとめたものです。

これらは過去に一度、本書と同様の趣旨で、株式会社リクルートの社員研修の教材として小冊子にまとめられたことがあります。

今回のような一般書籍としてまとめるとなると、しかしながら、いままで書き散らしてきたものが実にまとまりがない連載だということをいやというほど思い知らされました。

ですが編集者というのはすごい人たちです。経験豊富な幻冬舎編集部の永島賞二さん、そして熱意に溢《あふ》れる若き編集者・有馬大樹さん。彼らと編集作業をすすめていくうちに、みるみる本としてまとまり始めました。そうやってできた本を改めて眺めてみると、私がこれまで撮ってきた写真というのがすべて、「社会の中での自分探し」であったことに気づかされました。

今さら気づくこと自体、とても恥ずかしいのですが、ここに掲載されている写真というのはすべて「俺の立場が無視されてるじゃねぇか！」と憤慨したときにシャッターを押していたものになります。

私が仕事にしているゲームというのは、プレイヤー不在では成り立たないという特徴があるものですから、こういう発想はゲームクリエーターならではかなとも思うわけで、つたない文章とともにご容赦いただきたく存じております。

文末になりましたが、幻冬舎の永島さん、有馬さん、『ほぼ日刊イトイ新聞』の武井義明さん、『ＤＩＭＥ』編集長（当時）の小室登志和さん、株式会社リクルート常務取締役（当時）・関一郎さんには大変お世話になりました。そしてこの本を買っていただいたあなた。へんな本に一〇〇〇円も使わせてしまって本当にごめんなさい。

ついでと言っちゃなんですが、私のゲーム作品も買ってください。偉そうなことを並べた作者が、自分の仕事でへりくつをどう結実させているか、垣間見ることができると思いますので。

二〇〇六年一月　斎藤由多加

文庫版あとがき

文庫になるからといってわざわざあとがきを追加するつもりなどなかったのですが、このページの直前の、単行本発刊時の謝辞内にある「一〇〇〇円」という価格表記、この部分を本書の価格である「五二〇円」に改ざんするのもあざといぞ、ということになり、あつかましくもこの文庫化のあとがきを追記で書くことになりました。

そもそも「この本が文庫になる」というニュースを聞いて一番びっくりしたのは著者である私自身だと思います。

文庫というのは、内容が古典的な書籍が対象となるものです。しかし本書は自分による自分のためのメモみたいなところがありまして、よもや文庫という形でふたたび世に出るとは思ってもいませんでしたので。

ですから「斎藤さん、もうこの内容は古くなったので絶版です」といつ言われるかとびくびくしている著者に「この本はね、うちの社長がえらく気にいってるんですよ。内容も古くなっていないし、文庫にしましょうよ」といってくれた幻冬舎には、著者としては感謝の思いでいっぱいなのです。

幻冬舎の営業の方や編集の方の意見などから、文庫化に際し加筆修正したところといえば、タイトル名の一部に「かっこ」をつけてわかりやすくしたのと、サブタイトルを変えたこと、わかりにくい写真のトリミングやコントラストを変更したこと、あと、本文内の稚拙《ちせつ》な文章表現をすこしわかりやすく書き換えたこと、でしょうか。

単行本出版の際にアマゾンドットコムなどに寄せられている読者レビューなどを読んでいたら、「もっと具体的に仕事の応用例が知りたい」という指摘が見かけられました。本当のことを言いますと、もともと本書は、『ゲームクリエーター講座（仮題）』という本の一部となる予定でした。ところがどういった按配《あんばい》か、「ゲーム制作の話と分けた方がわかりやすくてよい」という話になり、二冊に分けるかたちとなったのです。その中で先に出版されたものが本書というわけです。残りの〝具体的なゲーム制作にはいってゆく話〟については『ゲームクリエーター講座（仮題）』という本として、仕事の合間をみてまとめているところですが、それが完成しないうちに本書が文庫として発売されるというのは喜びの反面すこし複雑な気持ちでもあります。

そんな気持ちからか、ここ数年リアルタイムに更新できる〝ブログ〟にすこし注力しています。もしお暇でしたらhttp://www.yoot.com/を覗《のぞ》いてみてくだされば、著者の近況などがすこしは垣間見られることも併せてご報告し、つたないあとがきの結びとさせていただくことにします。

二〇〇七年八月二十四日　麻布十番祭り当日の未明に　斎藤由多加

この作品は二〇〇六年一月小社より刊行されたものです。

時勢の変化などにより、一部過去となりつつある事象が本書内にも記述されていますが、執筆当時の趣旨を尊重し、そのままの表現を残してあります。

幻冬舎文庫

●最新刊
おどろき箱2
阿刀田 高

何角形でも描くことができる「金魚板」、人間の「採点表」……。おどろき箱から出てきた奇妙な道具が巻き起こす小さな冒険は、少年を大人に変える。心温まるファンタジック・ストーリー。

●最新刊
玄《げん》冶《や》店《だな》の女
宇江佐真理

身請けされた旦那と縁が切れたお玉が出会った若き武士・青木陽蔵。いつしか二人は惹かれ合うが、それは分を越えた恋だった……。運命に翻弄されながらも健気に生きる女たちを描く傑作人情譚。

●最新刊
プチ修行
小栗左多里

修行すれば、幸せになれるのではないか。そんな野望を胸に、ベストセラー『ダーリンは外国人』の著者が無謀にも挑んだ写経、座禅、滝、断食、お遍路などの修行の数々。体験コミックエッセイ。

●最新刊
流氷にのりました
へなちょこ探検隊2
銀色夏生

「さいはての地で、人生を考えたい。」というわけで、行ってきました網走~知床の旅。カニづくしのホテル、流氷のないオーロラ号、メインイベント流氷ウォーク……。面白体験満載の旅エッセイ。

●最新刊
破裂(上)(下)
久坂部羊

医者は、三人殺して初めて、一人前になる——。エリート助教授、内部告発する若き麻酔医、医療の国家統制を目論む官僚らが交錯し事件が！ 大学病院を克明に描いたベストセラー医療ミステリ。

「ハンバーガーを待《ま》つ3分間《ぷんかん》」の値段《ねだん》

～企画《きかく》を見《み》つける着眼術《ちゃくがんじゅつ》～

斎藤由多加《さいとうゆたか》

平成19年9月15日　初版発行

発行者——見城徹
発行所——株式会社幻冬舎
〒151-0051東京都渋谷区千駄ヶ谷4-9-7
電話　03(5411)6222(営業)
　　　03(5411)6211(編集)
　振替00120-8-767643
印刷・製本—株式会社　光邦
装丁者——高橋雅之

幻冬舎文庫

ISBN978-4-344-41011-4　C0195　さ-21-1